어떻게 쓰지 않을 수 있겠어요

어떻게 쓰지 않을 수 있겠어요

이 불안하고 소란한 세상에서

이윤주 지음

위즈덤하우스

쓸 수 있는 것을 계속 쓰는 삶을 위해

'어떻게 쓰지 않을 수 있겠어요'라는 제목은 이 책을 처음 쓰기 시작했을 때 가제로 붙여둔 것이었다. 특별한 대책 없이 직장을 잠시 그만뒀을 때였다. 하루를 강제하던 루틴이 사라졌으니 불안과 시간이 동시에 증가했다. 불안과 시간은 글쓰기에 가장 좋은 연료다. 연료가 마구 쏟아지니 어떻게 쓰지 않을 수 있겠냐며 그냥 쓰기 시작했다.

　물론 불안과 시간이 증가한 모든 사람에게 글쓰기를 권할 수는 없다. 불안과 시간을 연료로 하면서도 글쓰기보다 즐겁고 생산적(?)인 일은 세상에 많을 것이다. 칫솔로 꼼꼼히 꽃게를 손질하고 황금 레시피로 며칠을 재워 간장게장을 만들어놓을 수도 있고, 배낭에 속옷가지만 챙겨 홀쩍, 스킨스쿠버를 하러 동해로 떠날 수도 있다. 중국어를 배우고 드럼을 연주한다거나 어두운 체

리색 방문에 화사한 페인트를 칠할 수도 있다. 그 모든 것 가운데 나는 글쓰기를 선택했을 뿐이다. 그러니 '어떻게 쓰지 않을 수 있겠냐'는 말이 너무 처절하게 들리지 않았으면 한다. 그저 내가 그것밖에 잘 몰라서, 하지 않을 수 없었다는 뜻이다. 인간이 하는 모든 일이 사실 시간과 불안을 이기기 위한 것 아닌가.

시간과 불안을 이기기 위해 할 수 있는 일이 하나라도 있는 삶은 행운이라고 생각한다. 언어를 사용하는 존재로 태어난 것, 텍스트를 읽는 데 아직까지 큰 불편함이 없는 것, 노트북을 유지하고 책을 살 돈이 있는 것, 대상을 인지하고 의식할 수 있는 것. 그 모든 것이 맞아떨어져 누릴 수 있는 글쓰기라는 행운 속에서, 행운에 대해 조금 길게 떠들면, 혹시 행운을 곁에 두고도 눈치채지 못하는 이들에게 도움이 되지 않을까 싶었다. 누구나 글을 쓸 필요는 없지만 글을 쓰면 참 좋을 사람들이 있다.

그러나 '노하우'에 대한 책은 아니다. 이렇게 하면 잘 쓸 수 있다거나 저렇게 하면 작가가 될 수 있다거나 하는 내용을 기대하는 독자가 계시다면 미리 죄송하다. 일단은 '글 쓰는 삶'에 관해서만 썼다. 간장게장 대신 글쓰기를 선택한 일상에 대해서. 기쁠 때도 쓰고 슬플 때도 쓰고, 심지어 쓰지 않을 때도 쓴다. 무슨 말장난인가 하겠지만 쓰는 근육이 한번 생기고 나면 삶에서 벌어지는 많은 일을 내가 '쓰는 태도'로 해석하고 있음을 알게 된다. 어떤 경험을 받아들여 활자로 바꾸는 과정이, 밥을 삼켜 소화하는 과정과 비슷해진다. 한번 자전거를 배우면 언제 올라타도 저절로 균형을 잡듯이. 키보드의 단축키를 손가락이 기억하듯이.

그것은 잘 쓰고 못 쓰고의 문제 이전의 일이다. 기왕 먹는 밥을 맛있게 씹어 부드럽게 소화하면 가장 좋은 것처럼 기왕 쓰는 글도 술술 잘 써지면 가장 좋겠지만 늘 그럴 수는 없다. 입맛이 없거나 메스꺼울 때도 있고 그러다 탈이 나기도 한다. 하지만 몇 번 체했다고 해서 식사를 끊을 수 없듯, 글 쓰는 일도 이제 내게는 중단할 수 없는 일처럼 느껴진다. 그 이유는 여럿이고, 그것을 이 책에 썼다. 하지만 또다시, 나는 너무 심각하게 쓰고 싶지는 않다. 쓰는 일이 나의 전부가 되는 간절함을 원하지 않는다. 꼭 글쓰기뿐 아니라 그 무엇도 내게 그런 거창한 의미가 되는 것을 원하지 않는다.

내게 가장 소중한 일은 하루하루를 지나친 기대와 미움 없이 살아내는 것이다. 사는 일은 누구에게나 만만치 않으니 나 힘든 걸 애먼 데 화풀이하지 않고, 최소한의 교양과 상식을 유지하며 나이 드는 것이다. 다가오지 않은 것들을 염려하지 않고 흘러가는 것들에 목매지 않으며. 그렇게 사는 데에 글쓰기는 도움이 되는 것 같다. 많은 사람이 좋아해서 자주 회자되는 신학자 라인홀

드 니부어Karl Paul Reinhold Niebuhr의 기도문을 나는 종종 내 식대로 바꾸어 외운다.

　　제가 쓸 수 없는 것을 받아들이는 평온을 주시고

　　써야 할 것을 쓸 수 있는 용기를 주시고

　　무엇보다 저 둘을 구별할 수 있는 지혜를 주소서.

2021년 가을

이윤주

2. 고통에 지지 않으려고 쓴다

3. 나쁜 어른이 되지 않기 위해 쓴다

거리가 필요해서 쓴다

○

슬픔이 언어가 되면 슬픔은 나를 삼키지 못한다.

그 대신 내가 슬픔을 '본다'.

쓰기 전에 슬픔은 나 자신이었지만

쓰고 난 후에는 내게서 분리된다.

손으로 공을 굴리듯,

그것은 내가 가지고 놀 수 있는 무엇이 된다.

세상은 내게
결코 편지를 쓰지 않았지만

○

코로나 팬데믹 초반에 웃지 못할 우스개가 있었다. 내성적인 사람들이 평온을 되찾고 있다는 이야기. 모임, 회식, 미팅 등을 제한하라는 사회적 압박이 그동안 저마다의 의무로 '사교의 얼굴'을 꾸며내야 했던 사람들에게 얼결의 자유를 주고 있다는 것이다. 감염병으로 인간의 생산 활동이 감소하는 사이에 공기의 질이 높아졌다거나 운하에 물고기가 돌아오고 있다는 것만큼이나 비극 속 아이러니가 아닐 수 없다. 나 또한 모순적인 상황에 처했었다. 생계에 타격을 받는 프리랜서 중 하나였으나 사람들과 물리적으로 부대끼는 일이 줄어드니 내심 속이 한갓지다고 느꼈던 것이다. 내성적인 사람에게는 '나가기 싫은' 상황보다 '나가지 못하는' 상황이 차라리 편한 면이 있다. 적어도 자책감은 덜하니까.

사회적 거리 두기는 그동안 당연한 줄 알았던 모든 감각을 다시 설정하는 일이었다. 나서라, 만나라, 누벼라 외치던 세상이 두 해의 팬데믹을 통과하는 동안 나서지 말고, 만나지 말고, 누비지 말 것을 강제했다. 놀라다가, 얼떨떨하다가, 두렵다가, 슬프다가 문득 의아해졌다. 우리는 그동안 왜 그렇게 자주 악수를 하고, 어디를 그렇게 분주하게 다녔던 것일까. 그 회식들은 정말 필요했을까. 그 경조사엔 꼭 그렇게 많은 사람이 와야 했을까. 그 빼곡하던 술자리는 어떤 의미였을까.

　소속감과 친화력을 중시하는 사회일수록 내성적인 사람들이 짊어지는 부담이 커진다. 활동의 반경이 곧 경쟁력이라 여겨지기 때문이다. 더 멀리, 더 넓게, 더 많이, 에너지는 외부를 향하도록 독려된다. 에너지가 밖으로 뻗기보다는 안에 머무는 기질을 타고난 사람들에겐 유리하지 않다. 그들은 '그런' 세상에서는 조금 더 애를 쓸 수밖에 없다. 자신이 원하는 것보다 언제나 몇 걸음은 더 움직여야 하고, 몇 마디는 더 말해야 한다. 몇 번씩은 더 웃어야 한다.

　'거리'는 본디 내성적인 사람들에게 중요한 조건이다. 그들은 틈과 간격 속에서 판단하기를 좋아하기 때문이다. 듣자마자 대꾸하고, 말하자마자 행동하는 것은 내성적인 사람들에게는 익숙하지 않은 속도다. 말보다 글이 편한 것도 같은 이유에서다. 글에는 내가 직접 운용할 수 있는 틈과 간격이 있다. 그런 상황에서는 조바심이 생기지 않고, 내성적인 사람들의 에너지는 조바심이 없을 때 발휘된다. 첫 직장이었던 학교에서 일할 때 실감한 일이다.

　30명 남짓 되는 교실에서 가장 먼저 눈에 들어오는 건 이른 바 리액션이 크고 빠른 학생들이었다. 교사의 말이 좋든 싫든 즉 각적이고 가시적인 반응을 보여주는 아이들이다. 학기 초반에 는 그 그룹을 기준으로 해당 학급을 기억하게 된다. 그런데 매년 5월 교내 백일장 기간이 돌아오면, 심사를 하던 나는 항상 고개를 갸웃거리곤 했다. 거르고 걸러져 남은 원고의 주인공들은 내가 단박에 '아, 그 반의 그 애!' 하고 매칭하지 못하는 이름일 때가 많았다. 또렷이 구별되는 사유와 문장을 거침없이 풀어놓은 그들은 교실에서는 그렇게 '구별되는' 아이들이 아니었다. 심사를 마치고 나면 수업에 들어갈 때 그들을 다시 눈여겨보게 되었다. 그들은 여전히 별스럽지 않은 모습으로 앉아 있었지만 나는 어쩐지 든든히 결속된 기분을 느꼈다.

　'나는 네가 원고지에서 날아다닌다는 걸 알고 있어.'

　내성적인 사람이라고 해서 교감과 소통에 대한 갈망이 덜한 게 아니다. 다만 빨리, 한꺼번에 하지 못할 뿐이다. 머뭇거리고 주춤

거리기 좋은 틈과 간격 속에서 내성적인 사람들은 더 깊고 단단한 통로를 낸다. 글쓰기도 그렇다. 잘 쓰고 못 쓰고를 따지기 앞서, 글을 적어나가는 과정에서 확보되는 거리가 쓰는 사람을 안심시킨다. 한 번 더 생각하고 한 번 물러섰다가 한 번 더 고민한 뒤에 한 걸음만 나아가도 된다는 사실이 그들의 에너지를 끌어낸다.

학교 복도를 걷고 있으면 저 멀리서부터 나를 보고 뛰어와 얼싸안으며 애정을 표현하는 학생들이 있었다. 스스럼없이 팔짱을 끼고 머리카락을 매만져주고 눈 밑에 붙은 속눈썹을 떼어주던 아이들. 그 천진하고 또렷한 마음을 사랑하지 않을 수 없었다. 하지만 평소에 눈도 잘 마주치지 않던 학생이 돌연 작심한 듯 쥐여주는 편지를 나는 또한 사랑하지 않을 수 없었다.

2미터의 거리 속에서 봄의 벚꽃을 두 번 보냈다. 30년 가까이 제 방 밖을 나가지 않았던 시인 에밀리 디킨슨의 책상은 벚나무로 만든, 가로세로 45센티미터의 정사각형이었다고 한다. 디킨슨은 자신을 찾은 사람들과 응접실 문을 사이에 둔 채 대화했으며, 어머니의 장례식에도 참석하지 않았다. 그녀가 그토록 고집스럽게 은둔했던 이유에 대해서는 추측이 분분하지만, 확실한 것은 그 작은 책상에서 1,700편이 넘는 시가 태어났다는 것이다.

쓰는 사람에게 필요한 거리가 있다. 하지만, 쓰는 사람에게 필요한 거리가 몇 미터이든 *그가 가닿고자 하는 거리는 그보다 멀다.*

○

이것은 세계에 보내는 편지야.

세계는 결코 나에게 편지를 쓰지 않았지만.

- 에밀리 디킨슨

슬픔이 언어가 되면
슬픔은 나를 삼키지 못한다

"싸이월드에 무슨 글을 그렇게 길게 써?"

질문에는 방점이 세 군데 있었다. '싸이월드', '글', '길게'. 셀카와 감성 사진 천국이었던 싸이월드에서, 과제도 리포트도 아닌 잡문을, 스크롤을 압박할 만큼 줄줄 써서 올리던 스물 몇 살의 나는 뭐라고 대답했던가. 그 시절이 지나간 후에도 '싸이월드'의 자리가 블로그나 페이스북으로 대체됐을 뿐 비슷한 질문은 계속됐다. 질문하는 이들의 의도는 맑고 순전한 것이었다. 타박이나 트집이 아니었다. 과제용 페이퍼 한 장 써내는 것도 고역인데 누가 시키지도 않은 글을 굳이 쓰는 게 신기하다거나, 그렇게 매일 쓸 말이 많다는 게 놀랍다거나, 글이든 뭐든 어떤 하나의 행위를 멈추지 않는 끈기 같은 게 부럽다거나 하는, 호기심 내지는 가벼운 칭찬들이었다.

"그렇게 써놓으면 마음이 좀 나아서."

내 대답은 여기서 조금씩만 변주되었다. 그렇게 쓰지 않으면 너무 어지러워서, 그렇게라도 쓰면 우울이 좀 가서, 일단 쓰고 나면 뭐든 별일 아닌 것처럼 느껴져서. 결국 같은 말을 살짝 바꿀 뿐이었다. 그렇게 말하고 나면 내게도 질문이 생겼다. 그럼 '어떤' 사람들은 쓰지 않아도 어지럽지 않고 우울하지도 않고 뭐든 별일 아닌 것처럼 해낼 수 있는 것인가. 아니면 그들은 그럼 어지럽고 우울하고 눈앞에 닥친 일이 너무 무거울 때 무엇으로 진통(鎭痛)을 할까.

'쓰기'가 통증을 줄여준다는 것, 그 이상의 이유가 필요하지 않았다. 언제부터 아팠나, 어떻게 아팠나, 얼마큼 아팠나, 아프기 전에 무슨 일이 있었나, 병원에 가면 의사가 으레 묻는 말들에 대답하듯 그냥 내가 직접 묻고 답했다. 다른 점은, 병원에서는 문진 뒤에 처방을 따로 해주지만 글쓰기는 자문자답의 과정 자체가 처방이 된다는 점이었다. 쓰면 나아졌다. 드라마틱하게 나아지진 않아도 쓰기 전보다는 나아졌다. 어지러움의 일부가 고요를 되찾고, 우울은 서핑 가능한 수준의 파도가 되었다. 활화산 같던 일들이 성냥불처럼 소박해졌다. 나는 입김을 후 불어 불씨를 껐다. 성낭불을 끄는 건 어린아이도 할 수 있는 일이다.

물론 성냥불은 언제라도 다시 대형 산불로 번져 나를 위협했다. 삶은 성실하게 인간을 시험한다. 네가 버틸 수 있는지, 버틴다면 얼마나 더 버틸 수 있는지, 못 버틴다면 어쩔 것인지. 바이러스가 신체를 위협하듯이. '믿는 구석'이 있는 인간은 버틸 수 있다. 그게 나한테는 글쓰기였다. 진통제처럼, 소염제처럼, 때로는 백신처럼.

이런 내 '사적 치료'의 근거를 실제 과학에서 찾을 수 있다는 것은 나중에 알았다. 인간의 뇌에는 감정을 관장하는 부위와 이성을 관장하는 부위가 따로 있다. 전자가 편도체, 후자가 전전두엽이다. 슬픔에 빠지면 편도체가 과로한다. 그런데 그 슬픔을 '슬프다'라고 쓰는 순간 편도체가 쉬고 전전두엽이 일한다. 슬픔의 진창에서 발을 빼고 '슬프다'라는 언어를 가만히 응시할 수 있는 것이다. 슬픔이 언어가 되면 슬픔은 나를 삼키지 못한다. 그 대신 내가 슬픔을 '본다'. 쓰기 전에 슬픔은 나 자신이었지만 쓰고 난 후에는 내게서 분리된다. 손으로 공을 굴리듯, 그것은 내가 가지고 놀 수 있는 무엇이 된다.

그래서 썼다. 나를 괴롭혔던 모든 감정에 대하여. 그 감정을 일으킨 사건에 대하여. 그 사건을 차단할 수 없는 세계에 대하여. 내 마음이 나 자신보다 부풀어 마음에게 질질 끌려갈 때 썼다. 유난히 자주 과로하는 편도체를 가진 사람들이 있을 것이다. 내가 그중 하나라면 의식적으로 전전두엽의 노동을 독려하지 않을 수 없다. 언제나 많은 언어가 필요했다. 기분도 안 좋은데 글 쓰면 더 머리 아프지 않으냐는 물음은 적어도 내게는 어불성설이었다.

책을 출간한 뒤로는 내가 어디에 무슨 글을 아무리 길게 써도 누구도 질문하지 않는다. 작가가 글을 쓰는 건 당연하니까. 다음 책을 쓰겠지, 습작을 하겠지, 마감이 있고 돈을 받겠지. 하지만 나는 여전히 '마음을 붙잡기 위해' 쓴다. 타인을 위해, 세상을 위해, 역사를 위해 쓰지 못한다. 그런 글들은 워낙에 함부로 흥분하지 않는 편도체와 고도로 훈련된 전전두엽을 가진 분들의 몫일 테다. 나는 다만 나의 편도체를 덜 날뛰게 함으로써 내 주변의 사람들을 덜 다치게 하고 싶다. 어차피 주고받을 수밖에 없는 상처라면 너무 깊지는 않게, 당신 또한 당신만의 '믿는 구석'으로 금세 아물 수 있게.

쓴다는 건
쉬지 않고 경계를 의식하는 일

버지니아 울프를 생각할 때 먼저 떠올리는 건 돌멩이다. 그녀가 강물에 들어갈 때 코트 주머니를 가득 채웠던 돌멩이들. 돌을 줍는 데 필요했을 짧은 산책. 부피에 비해 질량이 덜한 돌은 걸러냈을 순간들. 만지작거리는 손가락과 바스락거리는 발소리 같은 것들을 나는 생각한다.

　내게 문제가 되는 건 그러니까 정확히는, 울프의 돌멩이다. 죽음 쪽의 욕망에 무게를 달아, 삶 쪽의 욕망을 패배시키는 도구. 삶을 향한 욕망과 죽음을 향한 욕망이 서로 포개져 있음을 아는 사람이 마땅히 선택할 만한 도구. 욕망의 다층을 안다는 것은 그러므로 꼭 돌멩이만큼 무거운 일일까. 욕망 자체도 무거운데 말이다.

울프는 결국 자살에 이르렀지만 한 번에 '성공'한 것은 아니었다. 10대 초반에 처음 발병한 정신질환은 삶의 모퉁이마다 그녀를 괴롭혔고, 죽음을 향한 그녀의 계획은 몇 차례 미수에 그쳤다. 울프를 주인공으로 한 영화 「디 아워스」에는 울프의 집에 방문해 정원에서 놀던 조카들이 죽어가는 새를 발견하는 장면이 나온다. 가장 어린 여자 조카가 새를 어루만지며 흙더미 위에 '쉴 곳'을 만들어주는 모습을 지켜보던 울프는 큰 키를 가만히 낮춰 새의 곁에 눕는다. 태아처럼 몸을 웅크리고, 있던 곳으로 되돌아가듯.

생명이 소멸하는 순간에 꽂히는 그녀의 서늘하고도 온유한 시선은 「나방의 죽음*The Death of the Moth*」이라는 짧은 산문에도 드러난다. 9월의 어느 상쾌한 아침, 활기 가득한 풍경 속에서 그녀는 창문 주변을 파닥거리는 나방 한 마리를 본다. 나방의 일은 적극적이고 단순했다. 창문의 한 귀퉁이에서 다른 귀퉁이로, 그 귀퉁이에서 또 다른 귀퉁이로 날아가는 일.

○

초원은 넓고 하늘은 광활한데, 저 멀리 집들에서 연기가 피어오르는데, 먼 바다에서는 이따금 증기선의 낭만적인 소리가 들려오는데 나방이 할 수 있는 일이라곤 그것밖에 없었다.

- 버지니아 울프, 『천천히, 스미는』

울프가 잠시 한눈을 판 사이 나방은 갑자기 춤을 멈춘다. '나방의 몫만큼'을 다 산 것이다. 다시 날아오르려 하지만 뻣뻣해진 몸을 가누지 못하고 유리창 아래서 바르르 떨고 있는 나방을 도와주려 울프는 연필을 내밀었다, 도로 내려놓는다. 나방은 누가 봐도 승산 없는 싸움의 끝에서 격렬히 다리를 버둥거리다 몸을 뒤집는다. "죽은 나방을 바라보자니 너무나 거대한 힘이 너무나 하찮은 적에게 거둔 이 사소한 승리가 불가사의하게 느껴졌다"고 울프는 썼다.

글을 쓰는 일은 쉽지 않고 '경계'를 의식하는 일이다. 이를테면 삶과 죽음 사이의 거대한 틈을 노려보다가, 사실은 그 경계가 믿기 어려울 만큼 희미하다는 것을 눈치채는 일. 세상이 나눈 선과 악의 경계를 부수며 선을 열 겹으로 쪼개고 악을 스무 겹으로 다시 나누는 일. 인간의 욕망은 선명하지 않으며 끊임없이 분열한다는 것을 아는 일. 어쩌면 죽음을 선택하(려)는 사람들의 욕망 또한 누구보다 삶을 사랑하는 사람들의 욕망과 다르지 않을지도 모른다. "자살하는 것은 세상에 진지한 것이 있다고 믿는 것"이라는 모리스 바레의 말에 동의한다면.

　모든 사건의 이면을 들여다보는 일, 삶을 쪼개고 쪼개고 또 쪼
개도 그것이 도무지 단순해지지 않음을 아는 일이 예술이라는 생
각을 나는 오래도록 하고 있다. '어떤' 글쓰기 또한 그 과정 중 하
나일 것이다. 고백건대 그래서, 글 쓰는 삶은 어쩔 수 없이 불행
한 것이 아닐까, 그래서 작가들은 대체로 고통 속에 살다 헤밍웨
이처럼, 로맹 가리처럼, 실비아 플라스처럼, 그리고 버지니아 울
프처럼 흔히들 '비극'이라고 말하는 죽음의 방식을 선택하는 것
이 아닐까 생각하기도 했다. 두렵기도 했다. 글을 씀으로써 나는
많은 것을 견딜 수 있게 됐지만, 글을 쓰는 일이 다시 많은 것들의
'견딜 수 없음'을 일깨우는 역설을 감당할 수 있을까.

　그러나 이 또한 단순한 생각일 것이다. 욕망이 끊임없이 분열
하듯, 선과 악이 때로 얼굴을 포개듯, 삶과 죽음이 아스라이 교차
하듯, 한 인간의 삶도 어디부터가 희극이고 어디까지가 비극인지
모를 안개 속에서 부침할 뿐이다. 때로 '돌멩이'를 주워 한쪽에
무게를 실을 수도 있겠지만 그 돌멩이가 생을 어디로 데려갈지는
누구도 알 수 없다. 자신을 지극정성으로 돌봐준 남편에게 남긴
유서에서 울프는 '이번에는 회복할 수 없을 것 같다'고 썼다. '이
제는 쓸 수도, 읽을 수도 없다'고도 말했다. 쓰거나 읽는 일이 조
금 더 가능했다면 그녀는 돌멩이를 줍지 않았을까. 알 수 없다. 아

무엇도 알 수 없다.

그저 쓸 수 있는 사람은 쓸 따름이다. 울프처럼 여러 번 자살을 시도했던 작가 도로시 파커는 다음과 같이 '썼다'.

> ○
> 면도칼은 아프고
> 강물은 축축하다.
> 산酸은 얼룩을 남기고
> 약은 경련을 일으킨다.
> 총은 불법이고
> 밧줄은 풀리며
> 가스는 냄새가 지독하다.
> 차라리 사는 것이 낫다.
>
> - 도로시 파커, 「이력서*Resume*」

도로시 파커는 73세에 심장 질환으로 사망했다.

쓰는 사람을
모멸하긴 어렵다

출판사에 처음 입사했을 때 놀랐던 점 중 하나는 글을 쓰는 엄마들이 정말 많다는 사실이었다. 투고 원고가 들어오는 메일함에는 아이를 낳아 한창 키우고 있는 엄마들이 보낸 글 뭉치가 끊이지 않았다. 공교롭게도 그 무렵 내게 조카가 생겼다. 아이 없이 살아왔고 앞으로도 그러기를 선택한 나에게, 가장 가까운 여성인 동생의 출산은 '덩달아' 놀라는 경험의 연속이었다. 엄마로 살아간다는 게 어떤 건지, 특히 '얼마 안 된' 엄마로 살아간다는 게 무슨 일인지를 나는 동생의 일상을 공유하며 조금씩 알아갔다. 그렇지 않았다면 몰랐을 것이다. 엄마가 된 여성이 원고지 600~700매에 달하는 글을 출판사에 보낸다는 게 얼마나 놀라운 일인지, 그런 여성이 한둘이 아니라는 것은 또 얼마나 더 놀라운 일인지를.

출산으로부터 시작된 여정에서 단 한 차례도 쉰 적이 없는 여성들은 그야말로 너덜너덜해진 몸과 마음을 고백했다. 극심한 변화의 한복판에서 해진 마음을 잇고 깁듯이 글을 썼다. 동생은 '나지만 내가 아닌 것 같은' 느낌을 자주 토로했었다. 갓난아이를 먹이기 위해 여성의 신체는 전에 없던 호르몬과 각성을 동원한다. 그것은 생경한 고통이기에 앞서 지독한 고독일 거라고 나는 짐작한다. 인간의 몸이 겪어내는 감각은, 그것이 여성 인류가 대대로 경험했으며 수많은 출산·육아 책에 모조리 쓰여 있다 해도, 결코 타인과 온전히 공유할 수 없기 때문이다. 신체적 고독에 사회적 고독이 더해진다. 삶에서 가장 귀한 존재를 얻은 대신, 그들은 자신의 어떤 일부가 훼손되고 있다고 느낀다. 이 과정에서 '정신의 바느질'이 필요하지 않은 여성은 드물 것이다.

'나'를 꿰매고 덧댈 바느질로 글쓰기를 선택한 여성들이 그 메일함에 있었다. 출판 편집자가 되지 않았다면, 마침 동생이 그때 아이를 낳지 않았다면 나는 아마 그 세계를 영원히 건너다보지 못했을 것이다. 엄마들의 글쓰기는 아이에게 이유식을 효과적으로 먹이거나 언어 발달을 촉진해주는 '기술'을 공유하는 게 전부인 줄 알았을 것이다. 촘촘하게 연결된 글자들을 들여다보면서, 아이가 겨우 잠든 새벽녘 노트북에서 흘러나오는 불빛에 비친 여성의 얼굴을 나는 상상했다. 잠 한번 실컷 자는 게 당장의 소원일 그들로 하여금 그 쪽잠을 기꺼이 반납하게 한 에너지를 상상했다. 그것은 적어도 세상에서 흔히 말하는 '엄마의 힘'과는 무관한 것이었다.

키친 테이블 노블kitchen table novel. 생업이 따로 있는 사람이 퇴근 후 식탁에 앉아 쓴 소설. 아이를 재우고 키보드를 두드리는 엄마들만이 아니다. 세상에는 하루 여덟 시간의 근무가 끝난 후에야 비로소 태어나는 수많은 키친 테이블 라이팅kitchen table writing이 있다. 아니, 키친 테이블 라이팅이 아닌 글이 얼마나 될까. 글을 쓰는 것만으로 삶을 꾸릴 수 있는 사람이 과연 몇이나 있을까. 우리가 알고 있는 수많은 '유명' 작가들도 오직 글만 쓰지는 않는다. 출판사에 원고를 투고하는 사람들의 직업은 딱 그 원고 수만큼 많다. 운 좋게 편집자의 눈에 들어 원고를 책으로 출간한다 해도, 아는 사람들은 다 알지만, 책으로 돈을 벌기는 요원하다. 정가 1만 3천 원짜리 책이 한 권 팔리면 작가에게 돌아가는 몫은 1,300원이다. 하루에도 수백 권씩 쏟아지는 책 가운데 1년에 1,300권도 팔리지 않는 책이 허다하다. 글쓰기는 적어도 효율적으로 수익을 창출하는 일은 아니다.

효율 면에서라면, 육아 중인 엄마들도 졸린 눈을 부릅뜨며 노트북을 켤 시간에 단 몇 분이라도 더 자는 게 남는 일이다. 그러니까 한 인간이 종일 어떤 일을 하고 나서 굳이 또 글쓰기를 시작하는 이유를 '자본주의적' 생산성에서 찾을 수는 없다. 오히려 키친 테이블 라이터는 자본주의 사회를 유유히 역행하는 인물들이다. 글쓰기는 시간을 들인다고 해서 결과물이 족족 나오지도 않으며, 그렇다고 장기적인 투자라고 보기도 어렵다. 구체적인 보상이나 안락한 미래를 담보해주지 못한다. 당장 알아주는 사람이 있는 것도 아니다. 그거 참 재미있겠으니 나도 같이 하자고 하는 사람이 있어서 외롭지 않은 것도 아니다.

　그 이상하고 심술궂은 일을, 나 또한 20년 가까이 '그냥' 하고 있다. 20년이라는 숫자는 얼핏 거대해 보이지만 우리 키친 테이블 라이터들에게 그런 물리적인 개념은 큰 의미가 없다. 그저 성인이 된 이후로 지금까지, 특별한 목적이 없으며 누가 의뢰하지도 않은 글을 버릇처럼 끄적였다는 뜻이다. 누군가는 식물을 돌보고 또 누군가는 조깅을 하는 그 시간에 말이다. 밥 먹고 세수하는 일처럼 단 하루도 거르지 않는 일과라고 할 수는 없다. 식물도 매일 돌보지는 않고 조깅도 365일을 꽉 채워 하기는 어렵듯(물론 「세상에 이런 일이」에는 그 비슷한 사람들이 매주 나온다). 글쓰기도 마찬가지다. 적어도 내게 이것은 기계적으로 채워지는 루틴이라기보다는 하나의 태도에 가깝다.

이를테면 밥벌이의 현장에서 부당한 시스템에 부딪혔을 때, 그리고 그것에 이의를 제기할 능력이 없을 때, 그래서 그 무능이 모멸로 돌아왔을 때, 나는 '이따 집에 가서 글을 쓰면 돼'라고 생각했다. 이미 세계에 공고하지만 납득하기는 어려운 권위들이 내게 순종을 요구할 때, 그를 따르지 않으면 내가 감내해야 할 고통이 더 많아질 때, 넙죽 고통을 받아 들지 못하는 비겁함이 또다시 모멸로 돌아왔을 때도 '이따 집에 가서 글을 쓰면 돼'라고 생각했다. 글을 쓴다고 실제로 뭐가 달라지는 건 물론 아니었다. 하지만 내가 겪은 일을 언어로 재현할 수 있다는 믿음은 희한하게도 나를 일으켜 세웠다. 그것이 구체적인 세계에 어떤 영향력을 미치지 못해도, '쓸 수 있다'는 사실 자체는 내게 구체적인 힘이 되었다. 내 힘을 내가 안다는 것이 중요했다. 나는 이따 집에 가서 글을 쓰면 되니까.

상사의 마음에 들 법한 농담을 재채기처럼 뱉어내는 사무실 안의 '나'가 있고, 퇴근 후 키친 테이블에서 글자를 채우는 또 다른 '나'가 있다. 후자만이 진짜라는 이야기를 하려는 것은 아니다. 단일하고 순결한 자아가 존재한다고 생각하지 않는다. 사회학자 어빙 고프먼은 참된 자아란 허상에 불과하며 우리는 상황에 따라 (유리하다고 판단하는) 복수의 자아를 연출할 뿐이라고 지적했다. 다만 그 복수의 자아 가운데서도 우리가 가장 간절히 도달하길 열망하는 자아가 있을 수 있다는 게 내게는 중요하다. 수많은 역할 중에서도 어떤 역할이 가장 만족스러운가. 어떤 배역일 때 나는 나의 품위를 유지하기 가장 쉬운가.

세상은, 특히 한 인간의 생산성을 끊임없이 저울질하는 자본의 세상은 그가 지켜내고자 하는 품위를 절로 보장해주지 않는다. 품위가 훼손되는 방식은 다양하지만 훼손된 인간은 공통적으로 모멸을 느낀다. 그리고 어떤 이들은 유독 모멸에 예민하다. 그들이 시도 때도 없이 모멸을 느낀다는 게 아니라, 공기 같은 억압과 소리 없는 차별처럼 자신이 훼손될 만한 상황을 신속히 감지한다는 뜻이다.

감지한 사람들이 글을 쓴다. 씀으로써 그들은 모멸에서 벗어난다. 수시로 모멸에서 벗어나는 사람을 모멸하기란 쉽지 않다. 더구나 그들이 '가장 자본주의적이지 않은' 방법으로 달아난다면 더욱. 엄마이건, 회사원이건, 가게 주인이건, 투잡을 뛰는 아르바이트생이건 간에.

그건 짜증이 아니라
슬픔이지

나는 처음 보았다. 지난겨울 동해안의 호텔에서 한밤중 내다본 그 장면. 검은 하늘과 검은 바다가 맞닿은 가운데 크고 둥글게 솟아오른 달이 제 빛으로 수면 위를 가르고 있었다. 하얀 달빛은 어둠 위에 일직선의 길을 냈다. 그것은 정말이지 '길'이라고밖에 표현할 길이 없는, 올라서면 발을 딛고 또각또각 걸을 수 있을 듯이 명료한 길이었다. 매서운 밤바람을 잊고 나는 홀린 듯이 그걸 봤다. 티 없는 암흑 속의 한 줄기 곧은 길. 거대하고 적막한, 무섭도록 아름다운 풍경이었다. 불과 몇 분 전까지 내 머릿속을 채우고 있던 생의 부잡한 갈등과 계획 따위가 한순간에 소거되었다. '시간이 멈춘 듯하다'는 게 이런 거였구나. 그것은 앞으로 무슨 일이 있어도 지금 이 장면을 보기 전으로 돌아갈 수 없다는 뜻이었구나.

그날의 비현실적인 아름다움을 말하는 데 나는 지금 448자(字)를 썼다. 이를 스웨덴에서는 한 단어로 말할 수 있다는 걸 최근에 알았다.

mångata.

'바다에 반사된 달빛이 만들어낸 길'이라는 스웨덴어다. 그날 밤 나는 'mångata'를 본 것이었다. 하지만 동시에 나는 내가 'mångata'를 봤다는 것을 최근까지 몰랐다. 'mångata'라는 단어를 알기 이전으로 나는 이제 돌아갈 수 없다. 앞으로 또다시 밤바다를 가르는 달빛을 본다면 그것은 분명한 'mångata'일 것이기 때문이다. 우리가 사실은 헤아릴 수 없는 빛의 스펙트럼을 빨강, 주황, 노랑……으로 인식하듯이 말이다.

어떤 단어를 가진 삶과 못 가진 삶은 다르다고, 나는 고등학교 2학년 교실에서 가르쳤다. 15년쯤 전의 일이니 요즘은 교과 과정이 바뀌었을지도 모르겠다. 내 기억으로 당시 국어 교과서와 참고서는 언어학자 사피어Edward Sapir를 인용하고 있었다. 칠판 앞에 서서 '우리는 객관적인 세계가 아니라 언어를 매개로 한 세계에 살고 있다'고 말하면, 대부분이 초점 없는 눈빛으로 앉아 있었다. '언어가 노출시키고 분절시켜놓은 세계를 경험한다'고 이어서 말하면, 슬슬 책상에 엎드릴 채비를 했다. 눈이 많이 오는 지역에 사는 이누이트의 언어에는 눈에 관한 단어가 많다는 뜻이라고 예를 들면, 그제야 몇몇이 고개를 끄덕였다. 그 무렵 나는 학생들이 "짜증 나"라는 말을 습관적으로 쓴다는 걸 알았다. 이누이트의 사례에 그걸 덧붙였다.

"너희가 만약에, 더워서 짜증 나고 추워서 짜증 나고 할 게 많아서 짜증 나고 심심해서 짜증 나고 성적이 떨어져서 짜증 나고 친구랑 싸워서 짜증 나고 꿈이 없어서 짜증 나고 남친이 헤어지자고 해서 짜증 나면, '짜증 난다'는 단어에 대해서 한번 생각해 봐야 해. 너희가 매일매일 느끼는 그 모든 감정이 그냥 다 '짜증'일까?"

그들이 "짜증 나"라고 말할 때, 그중 일부는 슬픔일 것이었다. 일부는 불안, 일부는 외로움, 일부는 실망감, 일부는 분노, 일부는 허무, 일부는 지리멸렬이었을 것이었다. 나는 학생들이 단어에 갈증을 느끼길 바랐다. 하나의 대상을 명명하는 단어의 힘을 느끼고, 그 대상을 더 잘게 나누어 더 다양한 힘을 갖길 바랐다. 표현할 수 없는 인간보다 표현할 수 있는 인간이 삶에 유리하다는 걸 알려주고 싶었다. 기쁨은 언어가 되는 순간 불어나고 슬픔은 언어가 되는 순간 견딜 만한 것이 된다는 걸 알려주고 싶었다. 불쾌한 감정을 전부 '짜증'으로 뭉뚱그려서 그들이 안갯속 같은 '짜증의 덩어리'에 살기를 원하지 않았다. 안갯속에 길을 잃었을 때

오직 안개만을 감각하는 사람은 제자리를 맴돌지만 이슬을 감각하는 사람은 풀과 바위를 발견할 수 있기 때문이다.

더 나은 글을 쓴다는 것도 결국 '더 정확한' 글을 쓴다는 것과 같은 말이다. 글쓰기는 나를 둘러싼 거대한 미지를 구획하여 하나하나 이름을 붙여주는 작업, 내가 처한 상황과 거기서 느끼는 감정을 구체적으로 마주하는 과정이기 때문이다. 그러므로 글을 쓰는 사람들의 단어는 언제나 모자랄 수밖에 없다. 작가는 누군가에게는 같아 보일 수 있는 '그 상황'과 '이 상황'이 왜 다른지 알고 어떻게 다른지 표현해야 한다. 누군가에게는 짜증의 덩어리일 뿐인 감정이 귀퉁이마다 얼마나 다양한 맥락을 갖고 있는지 설명해야 한다.

네덜란드어에는 '춥고 음산한 날, 아늑하고 따뜻한 방 안에 친구들과 함께 있는 느낌'이라는 뜻의 'gezelligheid'라는 단어가 있다. 타 언어로 번역하기 어려운 대표적인 단어 중 하나라고 한다. 이것은 춥고 음산한 날, 아늑하고 따뜻한 방 안에 친구들과 함께 있는 느낌을 '아는' 사람들의 단어다. 'gezelligheid'는 'gezelligheid'가 아닌 모든 감정과 자신을 구별 짓는다. 이 단어를 소유한 인간의 삶에, 얼마나 많은 종류의 '아늑한 느낌(부정확한 단어다)'이 있을지 나는 짐작만 하며, 부러워할 따름이다.

'짜증'에 대해 내가 잔소리를 늘어놓았던 시절, 교과서에는 안톤 슈낙의 에세이 「우리를 슬프게 하는 것들」도 함께 실려 있었다. "울고 있는 아이의 모습은 우리를 슬프게 한다"로 시작하는 이 글은 "정원의 한 모퉁이에서 발견된 작은 새의 시체 위에 초가을의 따사로운 햇살이 떨어져 내릴 때 대체로 가을은 우리를 슬프게 한다"로 이어지며 슬픔을 일으키는 일상의 장면을 섬세하게 나열한다. 나는 학생들에게 이 글처럼 '나를 슬프게 하는 것들'에 대해 단 몇 가지라도 나열해보라고 시켰다. 그리고 수업 후 아이들이 써낸 종이를 추리며, 내 잔소리를 후회했다.

- 엄마와 크게 싸우고 나서 냉장고 문을 열었는데 나를 위해 사다 놓은 간식들이 보일 때.
- 내가 우리 가족이 행복해지는 데 방해가 될 때.
- 시멘트를 뚫고 힘겹게 피워진 풀.
- 미아삼거리에서 장사를 못 하게 해서 쫓겨나던 할머니.
- 엄마랑 아빠랑 싸울 때 가만히 자는 척하는 나의 모습.
- 아빠의 목 뒷부분이 더 뭉칠 때.
- 내가 입었던 옷을 친척 동생이 입고 우리 집에 놀러 왔을 때.
- 어버이날 드린 편지를 부모님이 보관하지 않으셔서 집에 나뒹구는 걸 봤을 때.

- 좋아하는 과자가 값은 오르고 양은 줄었을 때.

- 피아노를 조율해야 하는데 돈이 없어서, 음이 맞지 않는 피아노를 치고 있는 나의 모습.

- 엄마에게 대드는 동생.

- 재개발이 된다고 허물어지는 건물들.

- 엄마의 새끼발가락.

- 손님 없는 분식집.

- 답을 알아내지 못한 이.

'짜증'과 '슬픔'을 그들은 투명하게 구별하고 있었다. 15년 가까이, 내가 이 목록을 간직하고 있는 걸 그들이 부디 혜량해주길. 글쓴이가 모두 다른 저 목록을 이 책에 옮기는 것 또한. 어느덧 그들도 지금 나처럼 생의 한가운데를 지나고 있을 것이다. 슬픔은 여전히 맑고 구체적일 것이다. 그러므로 충분히 견딜 만할 것이다. 목록을 다시 보며, 나는 진심으로 믿는다.

○

내가 겪은 일을 언어로 재현할 수 있다는 믿음은
희한하게도 나를 일으켜 세웠다.
그것이 구체적인 세계에 어떤 영향력을 미치지 못해도,
'쓸 수 있다'는 사실 자체는 내게 구체적인 힘이 되었다.

2

고통에 지지 않으려고 쓴다

○

삶이 너무 지독할 때는 쓸 수가 없다.

하지만 지독하지 않으면 쓸 이유가 없다.

그 중간의 어딘가에

모든 글쓰기가 웅크리고 있을 것이다.

이상한 성격 놀이

MBTI 검사를 처음 해본 게 대학 졸업 즈음이었으니 15년쯤 됐다. 교내 진로상담센터에서였다. 그 이후로도 한번씩 생각날 때마다 인터넷에 떠도는 약식 테스트를 해보곤 했는데, 그게 요즘처럼 '핫'해질 줄은 몰랐다. 어떤 사람들에게는 소름 끼치게 정확한 '성격 탐지기', 어떤 사람들에게는 혈액형만큼이나 어이없는 '인간 분류법'인 듯하다. 전문가들은 대체로 (특히 인터넷 무료 테스트에 대해서는) 회의적인 것으로 알고 있다.

내게는 최근의 MBTI가 일종의 놀이 문화처럼 보이지만 개인적으로 흥미로운 지점은 있다. 이 검사가 구획하는 네 가지 분야, 외향형(E)-내향형(I), 감각형(S)-직관형(N), 사고형(T)-감정형(F), 판단형(J)-인식형(P) 중 세 번째 분류에서 내가 지난 10여 년간 가파르게 이동했다는 점이다. 테스트의 신빙성을 떠나 이 결과의 '변화'는 내 청춘의 한 토막을 비추는 면이 있다. 처음 학교에서 검사를 받았을 때부터 서른에 접어들 때까지 나는 강한 F(Feeling) 형이었다. 어린 시절부터 가족들 사이에 오가는 공기를 파악하는 게 습관이었고, 그 기압에 쉽게 휘둘렸다. 내가 자주 휘둘리다 보니 내가 남을 (본의 아니게) 휘두르는 데도 신경이 곤두섰다. 늘 감정이 문제였다. 넘쳐흐르는 그것을 어떻게 할 것인가. 흘러넘쳐 나를 덮치고 타인에게까지 쏟아지는 그것을, 어떻게 수습하며 살 것인가.

무엇보다 일을 할 때가 문제였다. 현대사회에, 감정의 낙차가 큰 사람에게 유리한 직장(또는 업무)은 거의 없다. 이른바 '감정 노동'을 하는 것도 아니면서, 그저 나 하나의 감정에 온종일 깔려 허우적대다가 그야말로 탈탈 털려 퇴근하는 일상이 반복됐다. 이런 식으로 몇십 년을 일해야 한다니 끔찍했다. 아니 이런 식으로는 몇십 년은커녕 몇 년 일하기도 전에 나자빠질 것이었다. '느끼지 말아야 한다'는 각오가 필요했다. 무슨 엘사도 아니고. 엘사는 자신이 무언가를 '느끼는' 순간 타인을 (날카로운 얼음 조각으로) 다치게 하므로 렛잇고를 외치며 고립을 택했지만, 마법이 없는 나는 월급이 필요했으므로 고립될 수 없었다.

'기질'이라는 게 정말 있다면, 한 인간이 그것을 얼마나 바꿀수 있을지 나 자신을 걸고 실험하는 느낌이었다. 나름의 (징글징글한) 노력으로 나는 'F'에서 'T(Thinking)'로 이동했다. 앞서 짚었듯, 이게 진짜 이동인지 아닌지 나는 모른다. 감정과 사고가 그렇게단순히 이분화될 리도 없다. 다만 어떤 길고 넓은 띠의 한구석에치우쳐 있던 내가, 줄기차게 반대쪽을 '지향'해온 건 확실하다.그리고 아마, '아주 오래도록' 지향하면 어느 정도 이동할 수밖에없는 것 같다. 이를테면 '종종 다른 사람들의 감정에 공감하기 어렵습니다'라는 문항에 스물 몇 살의 나는 전혀 동의할 수 없었을것이다. 나는 (믿거나 말거나) 빙의의 천재였으니까. 그러나 지금의 나는, 정말로, 종종 다른 사람들의 감정에 공감하기 어렵다. 나와 가까운 사람들이 내가 어떤 사건에 '같이 흥분하지' 않는 데에떨떠름해한다는 것을 몇 번의 치명적인 경험을 통해 알았다. 이는 '친구가 어떤 일로 슬퍼할 경우, 문제를 처리하는 방법을 제시하기보다 정신적인 지지를 제공하곤 합니다'에 동의하지 못하는결과로 이어진다. 누가 내게 슬픔을 토로하기에 '이러이러한 방법을 쓰면 좀 낫지 않을까' 말하는데 그가 원했던 게 '말동무'였을 경우 나는 당황한다.

타고난 'T'가 아닌 노력형 'T'의 경우, 온갖 감정적인 상황에 대한 알레르기 반응은 어쩌면 자기혐오일지도 모른다. 다시는 저쪽에 발 딛기 싫다는 공포. 그 미친 감정의 파도라면 내가 잘 알지. 아니까 싫은 거다. 감정은 적당히 끊어 흘려보내야 하는 것이라고 나는 줄곧 배우고 훈련해왔다. 감당하기에 너무 벅찬 감정이 찾아오면 그것이 텔레비전 안에서 벌어지는 화면이라고 생각하세요. 그리고 그것을 '판단'하지 마세요. 판단하는 데서 스트레스가 옵니다. 그저 화면처럼 흘러가게 놔두세요……. 수많은 심리학책들이 감정과 거리 두는 법을 알려주었다. 이는 일상을 곤란하게 하는 성노의 우울, 불안 등 병리적 정신 상태를 다룰 때 (약물 치료와 더불어) 중요한 부분이기도 하다. 감정은 실제로, 어느 정도 다루어져야 하는 (또는 다루어질 수 있는) 대상이다.

하지만 영원한 딜레마. 나의 모든 감정이 '중립적으로' 24시간 가동되는 CCTV의 화면처럼 흘러가버린다면, 사람은 무엇을 붙들고 글을 쓸 수 있을까. 쓸 수 있다 해도, 그런 글이 무슨 의미가 있을까. 쓰는 사람뿐 아니라 누구도 아프게 하지 않는 그런 글이. 감당하기 힘든 감정의 부산물은 분명한 고통이다. 심각한 고통은 (물론 글쓰기를 포함한) 일상을 방해한다. (어느 정도 지나간) 고통의 자리를 일부러 더듬는 일은 바로 그 고통스러움 때문에 일부러는 하지 않을 짓이지만, 그래서 누군가 내게 그 모든 자리를 없애고 싶으냐 묻는다면? 아니오…….

그러긴 싫다고 나는 대답할 수밖에 없다. 처음부터 없던 것으로 만들기에는 그 자리에서만 볼 수 있었던 풍경들이 너무 깊고 짙다. 그 풍경의 목격자가 아니었다면 나는 굳이 글 같은 걸 쓰지 않았을 것이고, 글을 쓰지 않았다면 나는 적어도 지금의 나는 아니었을 것이다. 지금의 나를 부정하는 일이야말로 진정한 고통이다.

감정을 흘려보내고 그것에 대해 판단하지 말라는 '심리학적 조언'의 쓸모를 누구보다 잘 안다(반복하지만, 그래서 나는 가까스로 'T'가 되었다). 그러나 동시에, 'F'적인 인간으로 마음의 바닥을 확인하는 순간에 인식되었던 풍경을 기억한다. 어떤 울음소리, 억울함, 분노, 공포와 불안, 가슴을 헤집는 슬픔들. 그것들이 고통이 되어 활자로 바뀌었던 순간들. 삶이 너무 지독할 때는 쓸 수가 없다. 하지만 지독하지 않으면 쓸 이유가 없다. 그 중간의 어딘가에 모든 글쓰기가 웅크리고 있을 것이다.

타인의 불행에
민감한 마음

"너무 슬퍼서 안 볼 걸 그랬어요……."

『인어공주』를 '새드 엔딩' 버전으로 처음 알게 된 다섯 살 조카가 엉엉 울면서 말했다. 인어공주가 왕자의 사랑을 얻는 데 실패하고 죽음을 택하는 결말이다. 안데르센의 원작은 여기서 인어공주가 불멸의 정령으로 변하는 데까지 나아가지만 국내에 가장 널리 알려진 버전은 '물거품으로 사라진다'에서 끝난다. 제 엄마가 주방 일을 하느라 유튜브에서 급히 찾아준 버전이 하필 그거였다. 아이의 세계에 그동안 새드 엔딩은 없었다. 주인공은 위기에 처하더라도 끝내 악당을 물리치고, 악당은 반드시 벌을 받았다. 주인공이 버림받고, 그것도 모자라 죽음을 맞는 일은 아이가 예상한 결말이 결코 아니었을 것이다.

지금 이 한 단락을 쓰는 동안 또 울컥한다. '조카 바보'를 가장 힘들게 하는 건 아이의 서러운 울음. 말도 안 되는 일인 걸 알면서도, 저 아이가 꽃길만 걸었으면 좋겠다는 마음이 나를 괴롭힌다. 조만간 디즈니 버전을 보여줘야겠다고 벼르는 마음이 급해진다. 디즈니는 새드 엔딩을 허락하지 않으니까. 인어공주는 왕자와 마침내 키스하고 영원히 행복하게 사니까. 그걸 보면 아이의 마음이 일단은 가벼워질 것이다. 아이를 생각한다는 어른의 마음이란 게 이리 알량하다. 아이가 자신의 슬픔을 어떻게 처리할지 어른들은 사실 전혀 알 수 없는데도.

나 또한 인어공주 이야기를 새드 엔딩으로 처음 접했다. 조카보다는 좀 더 컸을 때였다. 왜냐하면 내 기억에, 동화책의 바로 그 페이지, 인어공주가 왕자의 침실에 들어가 칼을 들고 망설이던 바로 그 페이지가 너무도 선명하기 때문이다. 다음 줄을 읽지 못하고 눈을 질끈 감아버렸던, 하지만 읽지 않을 수는 없었던 어린 아이. 그때 내가 참을 수 없이 슬펐던 이유는 인어공주가 물거품으로 사라졌다는 자체보다, '왕자를 찌르지 못했다'는 데 있었다. 잠든 왕자의 가슴 위로 칼을 치켜들고 얼음처럼 멈춰 있던 인어공주의 모습(돌아보면, 아이들이 보는 그림책치고 노골적이었다는 생각이 든다)은 아마 나에게 '고뇌하는 인간'의 원형으로 각인됐던 것 같다. 그 후로 한참이나 뒤에 「햄릿」을 처음 읽었을 때도 나는 『인어공주』의 그 페이지를 떠올렸으니까. 거대하고 가혹한 운명에 부닥친 인간의 나약함과 갈등, 뭐든 선택해야 하지만 실은 그 무엇도 선택하고 싶지 않은, 생의 무력함 같은 것들.

사랑해 마지않는 조카를 바라보는 마음이 때로 망연해지는 건, 그 어린 인간이 언젠가는 알게 될, 아니 알아야 할 수많은 새드 엔딩에 대해 어떤 완충 장치도 줄 수 없기 때문이다. 기왕 부딪힌다면 좀 덜 아프게, 좀 덜 다치게 해주고 싶은 마음이 얼마나 부실없는지 알기 때문이다. 다섯 살배기 꼬마 주제에, 허구의 이야기에 벌써 슬픔을 느낀다는 것에도 마음이 쓰인다. 또래보다 민감해 보이는 구석이 발견될 때마다 가슴이 덜컹한다. '물거품 버전'이 아니라 디즈니 버전을 먼저 봤다면 어땠을까. 인어공주가 사랑 대신 죽음을 택하는 이야기를 먼저 들은 아이의 세계와, 인어공주가 사랑을 거머쥐고 영원히 행복하게 살아가는 이야기를 먼저 들은 아이의 세계는 조금이라도 다를까. 눈먼 내리사랑은 시답지 않은 생각을 몰고 온다.

어린아이를 아끼는 어른의 마음은 양가적이다. 아이가 고작 『인어공주』 보고 우는 것만으로 맘이 부서지는 동시에, 아이가 더욱더 풍요로운 서사 속에서 생을 누리길 바란다. 아이의 앞날에 되도록 애타는 일이 없기를 바라는 동시에, 아이의 마음이 메마르지 않기를 바란다. 꽃길만 걸었으면 하는 동시에, 타인의 불행을 모른 척하지 않았으면 한다. 염병하지 말고 하나만 해라, 하나만. 내가 나를 다그쳐본다. 양립할 수 없는 일들이라는 걸 안다. 풍요로운 서사를 이해하는 인간이라면 언어의 슬픔에 공명하지 않을 수 없다. 애가 탄다는 건 마음이 메마르지 않았다는 뜻일 것이다. 그리고 타인의 불행을 모른 척하지 않는 인생이 온통 꽃길일 리가 있을까.

자식을 낳은 이들은 종종 자문한다고 한다. 내가 하는 일을 아이에게 권할 수 있을지를. 나는 아이가 없으므로 조카에게 대입해보곤 한다. 저 아이가 커서 글 쓰는 일을 좋아한다면 어떨까. 매일 글을 쓰고, 글이 써지지 않으면 유쾌하지 않고, 딱히 재촉하는 이도 없는데 그저 쓰고 또 쓰기를 반복한다면. 대단한 수입도 명예도 없이, 누구에게나 똑같이 주어진 시간의 일부를, 다른 어떤 것이 아니라 다만 글을 쓰는 일에 사용한다면. 글쓰기는 어쩌면 엉엉 우는 일, 밤새 애타는 일, 타인의 불행에 민감해지는 일의 끝판왕. '이제 슬픈 생각은 그만하고 싶다'던 내게 "하지만 글을 쓰시잖아요"라고 말했던 이가 있다. 그러게. 글을 쓰려면 슬픈 생각뿐 아니라 '모든' 생각을 해야 하지. 또다시 내가 나를 다그친다. 염병하지 말고 하나만 해라, 하나만.

조카가 내게 반복해서 읽어달라고 하는 그림책이 있다. 『눈물바다』라는 책이다. 한 아이에게 속상한 일이 겹친다. 학교에선 짝꿍 때문에 억울하게 혼나고, 집에 갈 때가 되니 비가 쏟아지는데 우산이 없다. 혼자 종이박스를 뒤집어쓰고 갔는데 엄마와 아빠는 '공룡'처럼 싸우고 있다. 아이의 눈에서 한 방울, 두 방울 떨어지는 눈물이 도무지 그치지 않는다. 폭포처럼 방 안을 가득 채우더니 집 전체에 흘러넘친다. 점점 커져 바다가 된다. 친구, 선생님, 엄마와 아빠, 시험지, 침대, 책상, 마을, 모든 것을 쓸어버린다. 아이는 그 안에서 노를 젓고 환호성을 지른다. 눈물바다가 세상을 다 삼킨다. 속이 시원해진 아이는, 눈물을 거두고 허우적대는 사람들을 건져준다.

나의 조카가 왜 그 책을 좋아하는지 알 수 없다. 실컷 울면 시원해진다는 기분을 아는 건지, 내가 흘린 눈물이 바다가 돼서 노를 젓고 다닌다고 상상하면 마냥 신나는 건지, 억울하게 혼나기만 하는 작은 아이가 결국 모두를 구해준다는 게 통쾌한 건지. 아이가 인어공주 때문에 슬퍼했던 게 계속 마음에 걸려서 "우리 인어공주가 왕자랑 결혼하는 영화를 볼까?" 했더니 싫단다. 나는 분명히, '너무 슬퍼서 안 태어날 걸 그랬어'라고 생각했던 때가 있었다. 지금은 그렇지 않다. 그사이 내게도 눈물바다에서 헤엄

칠 뗏목이 몇 개쯤은 생겼다. 아이에게도 생길 것이다. 아니, 벌써 있을지도 모른다. 어른들은 믿어줄 수밖에 없다.

그게 다 네 탓일 만큼
넌 대단하지 않아

요즘 내 카카오톡 프로필 사진에 있는 글귀.

'겸손해지려 하지 마. 넌 그만큼 대단하지 않아.'

인터넷에 돌아다니는 이른바 '뼈 때리는 명언' 중 하나인데 출처는 알 수 없다. 랜선 저편의 고수들은 언제나 놀랍고, 통념을 뒤집는 사고는 어디서든 짜릿하다. 저 글귀를 처음 봤을 때 나는 '겸손'보다는 '대단'에 방점을 찍었다. 세상에 아름다운 겸손이 왜 없겠나. 문제는 비대한 자아다. 내가 나를 너무 '크게' 생각하는 오류와 인간은 평생을 싸운다.

자기 자신을 거대하게 생각하는 태도가 꼭 '나는 잘났다'는 식의 높은 자아상에서 비롯되는 건 아니다. 자아상이 높든 낮든 자아 자체는 건강하지 않은 방식으로 부풀 수 있다. 이를테면 극단적인 자책감(또는 죄책감)이 그렇다. 무슨 일이 생겼을 때 전후 사정 덮어놓고 '내 탓'이라며 머리를 쥐어뜯는 사람이 있다. 나 때문에 일이 이렇게 됐어. 나 때문에 걔가 그렇게 됐어. 나 때문에 불행해졌어. 나 때문에 망쳤어. 이런 태도는 얼핏 대단한 자아와는 거리가 먼 '소심(小心)'처럼 보이지만 그렇지 않다. '나'라는 존재가 한 사건을, 사람을, 인생의 행과 불행을 좌우했다고 판단한다는 점에서 그 자아는 비대하다.

"윤주 씨 그렇게 대단한 사람 아니에요."

내가 한창 사람에 대한 부담과 죄책감으로 괴로워하던 때, 한 현자(賢者)가 내게 해준 말이다. "그 사람이 저를 그렇게 의지하는데, 제가 그 사람을 모른 척하면 어떡해요. 그 사람이 저 때문에 잘못되면 어떡해요"에 대한 답이었다. 현자도 웃고 나도 웃었다. 뒤통수를 (아주 얄밉게 개운한 소리가 나는) 뿅망치로 맞은 기분이었다. 그러게. 왜 '나 따위'가 그를 '잘못되게' 할 수 있다고 생각했을까. 누군가가 정말 나로 인해 구원될 수 있다고 생각했을까. 아니, '나는 누군가를 구원할 수 있는 존재'라는 믿음이, 내게 필요했던 것은 아닐까.

수만 가지의 결이 한 사람을 구성하듯, 하나의 감정도 수만 가지의 결을 품고 있다. 내게 의지하던 그를 놓아버리면 안 될 것 같다는 죄책감의 결도 단 하나가 아니었다. 그를 돕고 싶어 하는 마음, 하지만 부담스러운 마음, 그 부담스러운 마음 자체가 미안한 마음이 모두 존재하고, 그 마음들은 모두 옳지만, 나는 지금에서야 그 마음들 속에 웅크린 자아가 어딘지 뒤틀려 있음을 들여다본다. 죄책감은 인간을 인간답게 만들어주는 감정이지만, 어떤 관계에서 그것은 나와 타인을 동시에 옭아맨다. 내가 관계를 통제할 수 있으며 그것이 관계를 장악할 수 있다는 믿음. 하지만 그것이 고통스러우니 반복되는 악순환.

나는 모든 관계에서 내가 (아무리 용써도) 어쩌지 못하는 부분을 받아들이기로 했다. 돌아보면 그것이 관계를 바로잡기 위한 시작이기도 했다. 나의 부피를 줄여 몸을 가볍게 했을 때, 내 힘이 닿을 수 있는 거리가 어디까지인지 알 때, 진짜 상대방을 위한 길이 보이기 때문이다. 서로에게 대단하지 않아도 소중한 관계. 내가 당신을 돌보고 당신이 나를 돌봐줄 때 우린 연결되지만, 그 끈은 상대의 존재를 쥐고 흔들 만큼 지배적일 수 없고 지배해서도 안 된다. 주위를 둘러보니, 관계에 크게 허덕이지 않는 사람들은 이미 그렇게 하고 있었다. 그들의 자아는 자신과 타인의 거리를 왜곡하지 않는 정도의 크기인 듯했다.

비대한 자아는 많은 부분에서 삐걱거린다. 왜 저 사람이 나에게 그런 말을 했을까. 나를 싫어하는 건 아닐까. 내가 잘못한 건 아닐까. 하지만 자아의 부피를 조금 줄이고 들여다보면, 사람들은 대체로 나를 '굳이 싫어할 만큼' 한가하지 않다. 사람들은 생각보다 나에게 관심이 없다. 나는 대부분의 타인에게 (내 생각만큼) 치명적인 존재가 아니다. 세상은 내게 특별한 선의도, 악의도 없다. 그렇다고 삶이 고통스럽지 않은 건 아니지만, '나만' 고통스러운 것도 아니다.

○

마치 어떤 사람이 마음이 악해서가 아니라 단지 외투의 단추를 풀고 지갑을 꺼내기 귀찮아서 거지에게 적선을 베풀지 않은 것처럼, 삶은 나를 그렇게 대했다.

- 페르난두 페소아,『불안의 서』

창작을 하는 사람들의 자아는 특히나 비만하다고들 한다. 글쓰기도 물론. '나'에 몰두하지 않으면 시작할 수 없는 행위이기 때문이다. 하지만 글쓰기가 자기에게서 출발하더라도 결과적으로 타인에게 도착함으로써 완결된다는 점에서, 자아의 체중을 어떻게 관리할 것인가의 문제가 생긴다. 독자와의 청량한 관계를 위해. 대단하지 않아도 소중한 관계. 연결되지만, 상대를 쥐고 흔들 만큼 지배적일 수 없고, 지배해서도 안 되는 관계.

그러므로 독자와의 거리를 왜곡하지 않는 정도의 자아가 필요하다. 자아가 없는 글은 글이 아니다. 하지만 비만한 자아에 깔린 글은 (쓸 때나 읽을 때나) 부끄럽다. 그런 글을 자위행위에 비유하곤 하는데 일리가 있다고 생각한다. 나쁜 건 아니지만 남들 앞에서 할 이유는 없는 것이다.

○

에세이가
술주정이 되지 않으려면

에세이는 저자가 매우 직접적으로 노출되는 장르다. 자기 이야기를 자기 입으로 해야 할 때 성숙한 인간은 '나는 나와 얼마나 가까운가'를 고민한다. 너무 가까우면 나는 나를 과장한다. 과장은 연민을 부르고, 연민에는 중독성이 있다. 자기 연민에 중독된 사람의 이야기는 유익하지도 않지만 무엇보다 지루하다. 그렇다고 자신과의 거리가 너무 멀면 고유성이 사라진다. 내가 내 입으로 나의 이야기를 해야 할 근본적인 이유 자체가 사라지는 것이다. 따라서 에세이를 쓰는 사람은 자기 자신과 밀당을 멈출 수 없고, 자신과의 밀당은 결과적으로 타인과의 거리, 세계와의 거리를 설정하는 일이기도 하다.

결국 '고유한 나'를 '이 넓은 세계'의 어디쯤에 둘 것인지의 문제다. 나는 나의 고통에 대해 말할 수 있는 유일한 사람인 동시에, 이 세상에서 그 고통이 놓일 위치를 치열하게 성찰해야 하는 사람인 것이다. 전자만 알고 후자를 모르면 남의 장례식장에 가서 상주에게 자식의 입시 고민을 늘어놓게 된다. 이걸 생각하기 시작하면 글쓰기가 정말 두려워진다. 두려워서 안 쓰고 싶다. 아니, 솔직히 쓰긴 쓰고 싶은 '이기적'인 마음이 먼저라 차라리 두려움을 모르고 싶다. 하지만 그러면 안 되니까, 충분히 그리고 영원히 두려워하자고 마음을 다잡는다.

그럴 때 꺼내 읽고 또 읽는 책. 사기가 자기 입으로 자기 이야기를 할 때 갖추어야 할 아름다움들을, 이보다 더 충실히 보여줄 수 있을까 싶은 책. 록산 게이의 『헝거』다. 이 책은 '몸'이라는 우리(cage)를 살아가는 한 인간의 이야기다. 인간의 몸은 어떤 사람들에게는 권력이 되고 어떤 사람들에게는 감옥이 된다. 록산 게이는 미국 사회를 살아가는 '흑인' '여성'으로서, 그리고 무엇보다 190센티미터의 키, 261킬로그램의 신체에 '갇힌' 사람으로서 쓴다. 인간이 하나의 몸으로 살아간다는 것은 무엇인지에 대해.

'고유한 나'는 결국 '고유한 몸'이기도 하다. 나를 성찰한다는 건 몸을 성찰한다는 뜻이고, 성찰은 고통에서 비롯된다. 불편한 몸을, 아픈 몸을, 너무 작은 몸을, 너무 큰 몸을, 느린 몸을, 약한 몸을, 색깔이 짙은/흐린 몸을, 여자인 몸을, 늙은 몸을. 록산 게이는 열두 살에 겪은, 결과적으로 그의 인생 전체에 기나긴 상처를 드리울 사건 이후, 자기 자신을 지키기 위해 살을 찌우기 시작했다. 소녀의 마음속에 새겨진 상처는 통제할 수 없는 허기(hunger)로 나타났다. 당시엔 누구에게도 말할 수 없었던 이 과정을 그는 놀라울 만큼 정직하게 돌아보는데, 나는 여기서 에세이를 쓰는 사람이 당면하는 두 가지 시험에 대해 생각한다. 어디까지 드러낼 수 있는가. 그리고, 드러냄으로써 내가 기대하는 결과는 무엇인가.

자신의 서사를 고백하려는 작가는 연인을 앞에 둔 사람과 비슷한 욕망을 가진다.

1. 바닥까지 나를 드러내고 싶다.
2. 바닥까지 드러내도 이해(사랑)받고 싶다.

하지만 1과 2는 양립하기 어렵다. 타인의 아주 깊은 어둠을 감당할 만큼 강인한 인간은 많지 않기 때문이다. 따라서 작가(연인)는 보통 적당한 선까지 드러내고, 적당한 선에서 사랑받기를 택한다. 자존감이 낮아져서 힘들었던 과거를 고백하는 글쓰기를 예로 들어보자. 자존감이 낮아져서 했던 '못난' 행동들을 얘기하더라도 작가는 의식적으로 또는 무의식적으로 어떤 선을 넘지 않으려 한다. 일종의 '코어'는 건드리지 않는 것이다. 코어를 드러내는 게 부끄럽고 두려워서일 수도 있지만, 사실 본인조차 코어가 무엇인지 정확히 알지 못하는 경우도 많다. 인간은 생각보다 자기 자신을 잘 모르지 않은가.

록산 게이의 고백에는 2에 대한 욕망이 거의 엿보이지 않는다. 그의 글쓰기는 독자를 또렷하게 상정하면서도 독자의 눈치를 보지 않는다. 그래서 코어를 향해 직진한다. 그렇다고 과격하기는커녕 더할 나위 없이 우아하나. 그는 자신의 '거구'가 타인을 불쾌하게 할까 봐 평생을 눈치 보며 살아왔다(그리고 누구나 그렇듯 친밀한 관계 속에서 사랑을 갈구한다). 하지만 '쓰는 사람'으로서의 록산 게이는 다만 담대하고 충실하게 자기 서사를 재현한다. 자신은 이런 이야기를 하기로 오래전부터 약속이 되어 있었다는 듯. 어떤 변명도 합리화도 없이. 이를테면 그가 '심각한' 자존감 하락을 경험하던 때의 고백은 이렇다.

○

연인들은 마치 그래야만 나같이 뚱뚱한 몸을 만지는 걸 스스로 이해할 수 있다는 듯이 나를 거칠게 대했다. 나는 받아들였다. (…) 나는 나 자신에게 말했다. 적어도 나는 누군가 사귀고 있잖아. 어느 누구도 나와 1분 1초도 같이 있고 싶지 않을 정도로 내가 역겨운 것도, 내 처지가 절망적인 것도 아니잖아.

이런 글을 쓰는 사람이 기대하는 것은 무얼까. 적어도, 자신을 '적당히' 내보임으로써 얻어지는 '딱 그만큼의' 사랑 같은 건 아닐 것이다. 록산 게이는 연극과 뮤지컬을 사랑하지만 일반적인 의자에 장시간 앉으면 멍이 들기 때문에 극장에 좀처럼 가지 못한다. 같은 이유로 친목 모임에 나가지 못하지만 이유를 설명하기 어렵다. 걷다가 숨이 차면 '그냥 쉬지' 못하고 벽에 붙은 포스터를 보거나 스마트폰을 보는 '척'한다. 공중화장실 칸은 비좁아서 들어가지 못하는 경우가 있지만 결코 장애인 화장실에 들어가진 않는다. 사람들이 뚱뚱한 자신이 공간을 더 편히 쓰려 그런다고 짐작하며 한심하다는 듯 째려보기 때문이다. 그는 "공간을 차지하는 방식을 전혀 신경 쓰지 않아도 되는" 사람들이 도저히 상상할 수 없는 방식으로 비참해지고, 비참하지 않은 척하느라 다시 비참해진다. 그의 글쓰기는 '나는 나의 바닥을 정확히 알고, 다 보여줬어. 그런 나를 어떻게 생각할지는 그냥 네 몫이야'라고 말하는 듯하다. 그는 타협으로 사랑받을 생각이 전혀 없어서, 결국 그를 타협 없이 사랑하게 만든다.

하지만 거듭, 어떤 인간이 드물게 용맹한 덕에 자신의 코어를 향해 돌진한다고 해서, 그 글쓰기가 모두『헝거』처럼 되는 것은 아니다. 세상에서 나밖에 모르는 나의 고통을, 세상에서 내 고통이 으뜸이라는 술주정이 되지 않게 하면서도, 세상에 굳이 전달해야 하는 이유를 예리하게 찾아내야 한다. 고통받되 고통에 잡아먹히지 않고 고통을 바라보는 상태에 이르러야 한다. 그러니까『헝거』같은 에세이는 평생 자신과 지겹도록 싸워온 '인간'인 동시에 그런 자신과의 거리 확보에 성공한 '작가'가 아니면 쓸 수 없는 글이다. 성숙한 인간이면서 숙련된 작가이기까지 해야 하는 것이다.

『헝거』를 만난 이후로 지금까지 나는 록산 게이를 열렬히 사랑한다. 내가 내 몸에 가두어진 존재임을 절감하는 순간에, 그것이 내게 상처를 입히고 흉터를 남기는 모든 순간에 펼쳐 볼『헝거』가 내게 있고, 그걸 쓴 록산 게이가 세상에 있다는 사실만으로 어느 정도 힘이 날 만큼 사랑한다. 내가 비록 아직은 남의 장례식장에서 상주에게 자식의 입시 고민을 늘어놓는 인간이면서 술주정과 다름없는 글이나 끼적이는 작가라 해도, 이 책을 만난 이상 내 흉터를 붙들고 영원히 울고 있지만은 않을 것 같다.

○

내일 아침에 날씬한 몸으로 일어난다 해도 나는 여전히 내가 지난 30년 동안 끌고 다녔던 짐을 여전히 끌고 다닐 것임을 안다. 이 잔인한 세상에서 뚱뚱한 사람으로 살아온 그 수많은 세월이 남긴 흉터들을 여전히 지니고 있을 것이다. 나의 가장 큰 두려움은 내가 이 흉터를 단 하나도 걷어내지 못하고 사는 것이다. 나의 가장 큰 희망은 언젠가, 어느 날 내가 이 흉터의 대부분을 잘라내는 것이다.

- 록산 게이, 『헝거』

미쳐지지 않아서
쓰는 글

박완서 선생이 소설가로 한창 활동하던 때 대학을 갓 졸업한 아들을 잃었다는 이야기는 알려져 있다. 헤아려보니 내가 선생(의 존재, 또는 작품들)을 처음 알게 된 게 90년대 후반이니 선생이 그 참혹한 일을 겪은 지 10년쯤 뒤다. '참척'이란 단어를 그때 처음 알았다. 선생이 참척을 당하고 모든 작품 활동을 중단한 채 홀로 '토해낸' 일기가 발표됐다는 것도 그때 알았다. 나는 선생의 소설 만큼이나 수필들을 사랑했기 때문에 그걸 읽고 싶은 마음이 언제나 있었지만 두려운 마음도 같이 있었다. 우울을 (지금보다 현격히) 잘 다루지 못했던 시기였고, 나의 정신이 어떤 자극에 어떤 반응을 할지 스스로 예측하기 어려웠던 때였다. 어떤 종류의 슬픔은 안전했고 어떤 종류는 위험했는데 그 '어떤'의 갈피를 잡기가 어려웠다. 그래서 읽기를 계속 미뤘다.

미뤘다는 건 포기하지 못했다는 뜻이고 '언젠가는 읽을 책' 목록에 내내 두고 살았다는 뜻이다. 지금이야 어떻든 나는 선생의 영향을 꽤 받은 채 청년의 초입을 지났고 그것이 내 일부를 구성한 것을 알았기 때문이다. 2021년 2월, 『한 말씀만 하소서』를 꺼내 펼친 것은 그래서 내겐 나름대로 의미가 있다. '읽고 싶다'와 '읽어도 되겠다'의 틈이 (어느새) 좁아졌다는 뜻이니까. 한 시간이 채 안 걸린 것 같다. 수면의 질이 바닥을 치던 어느 깊은 밤, 취한 듯 홀린 듯 그 오래된 일기를 읽어 내려갔다. 그리고 또 사흘쯤 뒤에 한 번, 또 일주일쯤 뒤에 한 번, 이런 식으로 서너 번을 읽으니 어떤 구절은 외울 지경이 되었다. 이를테면 이런 구절.

"아아, 내가 만일 독재자라면 88년 내내 아무도 웃지도 못하게 하련만. 미친년 같은 생각을 열정적으로 해본다."

선생의 아들이 사고로 떠난 직후 올림픽이 열렸다. 인생에서 가장 깊은 어둠에 내던져진 때에, 유례없는 국가적 도파민의 공격을 받고 선생은 '미친년 같은 생각을 열정적으로' 했다. 책에는 그 '열정적 생각'들이 날것 그대로 뭉텅뭉텅 쏟아져 있다. 컵에 담겨야 할 음료가 카펫 같은 데에 쏟아지듯, 그야말로 쏟아져 있다. 선생이 서문에서 말했듯 "훗날 누가 읽게 될지 모른다는 염려 같은 것을 할 만한 처지가 아닌 상황에서 통곡 대신 쓴 것"이다.

이런 글쓰기에 익숙한 사람은 없다. 글쓰기는 (곧든 비뚤든) 자의식에서 출발하므로 '어느 정도의 제정신'이 요구되기 때문이다.

어느 정도의 제정신.

이 책을 읽는 내내 나를 가장 크게 관통한 것은 그 제정신에 관한 것이었다. 아들을 떠나보내고 2주 후, 딸네 집으로 거의 끌려가다시피 한 선생은 가족들의 극진한 배려와 보살핌조차 성가신 반죽음 상태로 하루하루를 보낸다. 음식을 못 넘기고, 조금 넘기더라도 다 토해버리고, 매일 마시는 술로부터 최소한의 칼로리를 수혈받는 나날들. 그 속에서 매일 밤 가능한 모든 언어를 동원해 자신이 믿어온 신을 모욕하고, '자식을 잡아먹은 에미'로서의 자신을 경멸하고, 아들이 없는데 멀쩡히 돌아가는 세상을 저주한다. 주변 사람들이 이러한 자신의 불행을 위안 삼아 본인들의 행복을 단단히 딛고 살 것에 분노한다. 사후세계를 보거나 경험했다는 사람들이 쓴 책을 섭렵하고 그 증거에 집착한다. '제정신이 아니게 되는 것'이 '평소의 자신 같으면 하지 않았을 생각과 일을 하는 것'이라면 선생은 그 모든 것을 모조리 한다. 하지만 2021년의 한 독자가 그걸 명백한 '활자'로 보고 있다. 나중에 회고한 글이 아니라 '당시'에 기록된 활자를. 나는 선생의 고통 자체에 앞서, 그 지점에서 정신이 아득해지고 말았다.

그러니까 선생은 미쳐야 마땅한 고통 속에서 도무지 '미쳐지지' 않았다. "정신이 미치기 직전까지 곧장 돌진해 들어갔다가 어떤 강인한 저지선에 부딪혀 몸부림치는 걸" 수시로 느꼈다. 그것이 선생을 다른 차원에서 괴롭혔다. 미쳐버리면 차라리 편할 것 같은데 미쳐지지 않고, 미쳐지지 않는다는 것은 어쩌면 (자식을 잃은 극한의 처지에서도) 미침을 강하게 거부하는 에너지, 그러니까 생에 대한 '민망한' 의지가 있기 때문 아닐까, 반추에 반추를 거듭하는 것이었다.

○

만약 내 수만 수억의 기억의 가닥 중 아들을 기억하는 가닥을 찾아내어 끊어버리는 수술이 가능하다면 이 고통에서 벗어나련만. 그러나 곧 아들의 기억이 지워진 내 존재의 무의미성에 진저리를 친다. 자아(自我)란 곧 기억인 것을. 나는 아들을 잃고도 나는 잃고 싶지 않은 내 명료한 의식에 놀란다.

그런 자신이 너무 징그러워서 선생은 다시 고통받는다. '이 와중에' 중요한 것들, '이 와중에' 지키려는 것들, '이 와중에' 선택해야 하는 것들 앞에서 가슴이 두 번 찢긴다. 매일 밤 짐승처럼 울부짖으며 토하듯 일기를 쓰는데, 일기를 씀으로써 굳이 억겁 같은 하루의 고통을 낱낱이 재생하고, 또 재생하는 행동은 사실 하루하루의 정신상태를 점검하려는 의식 같은 게 아닐까 의심한다. 이윽고 그런 자신을 혐오한다. 끔찍한 순환이다. 동시에 그야말로 끔찍하게 통렬한 자기인식이자 자기반성이다.

나는 아직 나 자신과 맞바꿀 만큼 사랑하는 사람을 잃어보진 않았다. 다만 '어떤 기억을 끊어내고 싶다'는 간절함이라면 조금 안다. 조금 안다고 말하는 건, 세상의 무한한 고통 앞에서 내 고통의 보잘것없음을 잊지 않기 위한 나의 '자의식'이다. 그렇다, 자의식. 결국 또 자의식이다. 자의식을 어떻게 굴리며 살 것인가의 문제. 호모 사피엔스의 숙명. 당시의 나는 선생만큼의 자의식을 갖지는 못했는지, 기억을 끊을 수만 있다면 1초도 망설이지 않고 끊을 의사가 있었다. 의학적 기술이 그에 부응하지 못한다는 데에 분노했을 뿐. 많은 것이 달라진 지금은 좀 생각이 바뀌었다. 고통을 부르는 어떤 기억에 대해, 굳이 연결하고 싶지도 않지만 그렇다고 끊고 싶다고 생각하지도 않는 상태,를 나는 바라고 있다. 이게 나를 온전히 인정하거나 사랑하게 된 걸까. 모르겠다. 내가 알겠는 것은, 지금 이것 또한 내가 '쓰고' 있다는 사실뿐이다.

그리고 이 책은 또 읽게 될 듯하다. 언어를 워낙 능란하게 다룰

줄 아는 데다, 무엇 때문인지 미쳐지지도 않아서, 하는 수 없이 가슴을 치며 쓴 글, 비극의 시기를 어느 정도 통과한 뒤에 정제해 쓴 글이 아니라 비극 한가운데서 짐승의 심정으로 쓴 글, 하지만 명백히 짐승은 쓰지 못하는 글. 그런 글이 필요한 순간이 (아예 없다면 물론 좋았겠지만 이미 읽었고) 다시 찾아올 테니.

   박완서 선생은 시간이 얼마간 흐른 뒤에 주변의 염려와 도움 없이 일상을 꾸릴 수 있게 되고 다시 작품을 발표하며 세상에 나갔다. 그리고 우리가 알다시피 80세에 세상을 떠나기 직전까지 쓰는 사람, '그 박완서'로 살았다. 선생이 참척 당시 그토록 혐오했던 징글징글한 자의식은 선생을 끝내 '그 박완서'로 살게 했다. 그 자의식은 존엄한 생을 향해 나아가게 하는 자의식이었을 것이다. 고통을 끊어 없애지 않고도 미치지 않게 하는 자의식. 내가 나인 것 자체만 중요한, 좁고 서툰 자의식이 아니라 현재의 나를 끊임없이 갱신하려는 자의식. 선생의 별세 소식을 들었던 날, (이 책은 읽기 전이었지만) 내게 참척이라는 단어를 알게 해준 분이 이제야 아들 곁으로 가셨구나 싶었다. 그때도 지금도 내겐 종교가 없는데도『한 말씀만 하소서』의 마지막 구절은 이렇다.
   "주여 저에게 다시 이 세상을 사랑할 수 있는 능력을 주셔서 감사합니다. 그러나 주여 너무 집착하게는 마옵소서."

나쁜 어른이 되지 않기 위해 쓴다

○

어렸던 날들에 쓴 글이 부끄럽지 않다면 거짓말이겠지만,
그 부끄러움이 오늘의 글에 긴장을 불어넣는다.
현재의 자신이 과거의 자신을 갱신했다고 믿는 순간에야,
나는 목 끝까지 차오르는 강물을 지나갈 수 있다.

일흔 즈음에
감사하고 싶은 것

나는 박막례 할머니의 팬이다. 할머니가 치매 예방 차 유튜브를 시작한 초기부터 '우주 대스타'가 되신 지금까지 할머니를 사랑하는 마음 자체가 내겐 기쁨이다. 그분의 '펀'이라면 다들 알겠지만, 할머니를 사랑하는 일은 일주일에 두 번 올라오는 10분 남짓의 영상을 보며 허리가 꺾어지게 웃는 순간 이상의 의미이기 때문이다(물론 나한테는 할머니보다 더 '웃긴' 사람이 거의 없다는 것도 너무 중요한 사실이지만). 보고 배울 사람 찾기가 쉽지 않은 세상에서, 할머니는 모델이 되어준다.

손녀가 열어준 유튜브로 일흔 넘어 인생이 '빈대떡 뒤집어지듯' 달라져서가 아니다. 할머니가 이제 돈 걱정 안 하고, 가고 싶은 데 실컷 다니고, 유명 인사들의 초청을 받는 것도 팬으로서 너무 행복한 일이지만, 나는 할머니가 '이렇게 되시지' 않았어도 할머니의 황혼이 지금보다 덜 멋졌을 거라고 생각하지 않는다. 물론 할머니가 '이렇게 되시지' 않았으면 그 멋짐을 우리가 못 봤겠지만 말이다.

할머니의 멋짐은 유튜브 이후의 성공이 아니라 '짬바'에서 나온다. 70년짜리 짬에서 나오는 바이브. 할머니가 여자라는 이유로 학교 교육을 받지 못했다는 이야기는 잘 알려져 있다. 소녀 박막례는 날마다 소 꼴 베고 나무하러 산에 올랐다. 어린 막례가 한나무는 오빠가 공부하는 하숙방에 군불을 지피는 데 쓰였다. 결혼 이후에는 애 셋을 낳아놓고 사라져버린 남편 때문에 파출부, 떡 장사, 과일 장사, 음식점, 호프집 등 닥치는 대로 일하며 자식들을 홀로 건사했다. 유튜브에 새 영상이 올라올 때마다 나는 '진정한 욕쟁이 할머니의 스웩이란 저런 것'이라는 깨달음으로 어김없이 넋을 놓고 킬킬거리지만, 동시에 얼떨떨한 마음으로 짐작해본다. 여름밤 무서운 이야기를 해달라는 손녀에게 '나는 내 인생보다 무서운 것이 없다'던 할머니의 심정을. 저승에서 만난다 해도 멱살 잡고 싶을 남편의 기일에 음식을 만들다가, 같이 산 기간이 짧아서 무슨 음식을 좋아했는지 기억도 안 난다고 말하는 70대 여성의 블랙코미디를.

"나는 내 이 손이 참 감사하다."

언젠가 박막례 할머니가 자신의 두 손을 쳐다보며 말했다. 부엌에서 음식을 만들던 중에 자신은 아무렇게나 해도 음식에 손맛이 밴다면서 한 말이었다. 그걸 보다가 나도 문득 내 손을 내려다봤다. 나는 대학을 졸업했고, 사무직이 아닌 직업을 경험해보지 못했다. 결혼을 했지만 아이가 없기에, 새끼 입에 들어갈 끼니 걱정으로 복닥거리는 마음도 알지 못한다. 딱히 넉넉한 살림은 아니지만, 겨울에 찬 바닥에 앉아 과일을 팔다가 치질에 걸리거나 믿었던 사람에게 사기를 당해 거액을 날린 적도 없다.

그리고 글을 쓴다. 글을 쓰는 일이 생각처럼 '우아한' 일은 아니더라도, 노트북 앞에 앉아 하얀 화면에 글자를 채우는 일은 어쨌거나 '먹물'의 일이다. 배우지 못한 한을 가슴 한편에 묻고 오직 그 두 손으로, 손가락이 휘어질 때까지 식당에서 칼질을 하며 자식들을 키워낸 여성과는 무관한 일이다. 자신의 손이 감사하다고 말하는 할머니의 눈빛에는 바위처럼 단단한 긍지가 보였다. 그것은 '여자가 글을 알면 시집가서 도망을 친다'는 몹쓸 믿음의 가부장제도, 평생을 따라다닌 지긋지긋한 가난도, 약자에게 더욱 무자비했을 세파도 건들지 못한, 오롯한 존재로서의 긍지였다.

내게는 그런 긍지가 없다. 앞으로도 없을 것이다. 나는 고작 된장찌개 한 냄비를 끓이고 나서 드러눕는 종류의 사람이다. 나의 두 손은 감자 두 개를 30분 동안 깎는다. 평소엔 이런 얘기를 '자학 개그'처럼 던지곤 하지만, 몸을 움직여 삶을 밀고 나가는 사람들에 대한 열등감이 내겐 분명히 있다. 그 비슷한 이야기를 첫 산문집에 썼다. "불 앞에서 먹을 것을 만들어낸다든지 고장 난 자전거를 해체하여 수리한다든지 물건의 자리를 옮긴다든지, 무언가 구체적인 결과물을 머리 말고 몸으로써 구현하는 일들이 '진짜'라는 느낌은, 내게는 앞뒤가 없는 원시의 감각 같은 것"이라고.

이런 내 열등감은, 인간이 두뇌를 써서 하는 일들이 그다지 세상을 아름답게 만들지 못했다는 생각에서 비롯된다. 세상을 구성하는 다른 생물들처럼 인간도 제 몸을 부려 딱 제 몫의 생존에만 만족했더라면, 누구도 '머리로써' 그 이상을 쥐고 흔들려 하지 않았더라면, 세상이 지금보다 낫지 않았을까 하는 생각에 나는 자주 사로잡힌다. 세상을 '낫게' 만들 정도의 먹물도 아닌, 그저 나 하나의 고통을 달래고자 글줄이나 끄적이는 알량한 먹물은 그렇다면 어디서 긍지를 찾아야 할까. 일흔 살 넘어 지나온 인생을 돌이켜볼 때, 그래도 이것 하나 믿고 버티어왔다고 말할 만한 게 내게 있을까.

박막례 할머니의 '편'이라면 이 또한 다들 알겠지만, 할머니의 피디이자 손녀인 김유라 씨와 할머니의 관계는 혈연이 보여주는 평면적인 애정을 넘어선다. 그들을 잇는 건 자매애(sisterhood)에 가까워 보인다. 페미니즘이 낯설지 않은 세대의 손녀는 할머니의 설움에 공명한다. 하지만 결코 할머니를 연민의 대상으로 연출하지 않는다. '무서운 인생'에 짓눌린 사람은, 그래서 자기 연민에 갇혀버린 사람은 결코 자기 입으로 인생을 말하며 웃을 수 없다는 걸 누구보다 잘 알기 때문일 것이다. 식당에서 매년 천 포기씩 김장을 하는 할머니는, 시장 갈 때와 치과 갈 때의 메이크업을 세심히 달리하는 할머니이기도 하다. 뜨거운 물에 삶아진 국수를 맨손으로 건져내도 아무렇지 않은 할머니는, 난생처음으로 어려운 이웃에게 성금을 보낸 날 얼굴을 가리고 울음을 터뜨린 할머니이기도 하다. 박막례라는 '인간'의 그 모든 아름다움을 손녀 김유라는 발견하고 조명한다. 할머니에겐 긍지가 있고 손녀는 그 긍지를 인식한다.

나는 거기서 '아름다운 먹물'의 역할을 본다. 할머니와 손녀는 함께 책을 두 권이나 냈다. 할머니는 삶을 살았고, 손녀는 그 삶을 썼다. 할머니의 긍지에 언어를 입혀 세상에 내보냈다. 강하고 아름답게 사는 사람이 있고, 그 강하고 아름다운 삶을 찾아내는 사람이 있다. 어떤 사람들이 제 몸으로 삶을 똑바로 밀고 나간다면, 그런데 그들에게 언어가 없다면, 그 삶을 똑바로 적어낼 의무는 아마도 먹물에게 있을 것이다.

나는 내 이 손이 참 감사하다. 언젠가 나도 이 말을 할 수 있었으면 좋겠다. 글도 손으로 쓰는 거니까. 굳이 찾지 않으면 쉽게 드러나지 않는 아름다움을 캐내어, 굳이 갖다주지 않으면 그런 걸 찾을 일 없는 이들에게 전달하는 먹물이 되고 싶다. 그렇게 내 방식대로 두 손을 부리며, 내 방식대로 쫌바를 누적하고 싶다. 박막례 할머니 같은 긍지를 갖기는 이미 글렀지만 조금 다른 종류의 긍지로 삶을 밀고 나갈 수 있게 말이다.

모두에게 좋은 사람일 필요가
없는 것처럼

○

오래전에 직장에서 한 동료가 나를 아주 싫어하고 있다는 걸 알았다. 그와 나는 통상의 업무에서 한 단계를 짧게 협업하는 사이였다. 업무 이외의 커뮤니케이션을 한 적이 거의 없는데 '굳이' 상대방이 좋고 싫을 게 뭐가 있는지 우선 놀랐고, 그것이 부정적인 감정이라니 나 또한 유쾌하진 않았다. 이유가 궁금했다. 알고보니, 바로 그 '업무 이외의 커뮤니케이션을 한 적이 거의 없다'는 데 화근이 있었다. (그의 말에 따르면) 다른 동료들은 업무 협조를 요청하거나 요청받을 때 간단한 안부("요즘 계속 야근하시는 것 같던데 피곤하시겠어요.")라든지 근황("주말엔 뭐 하셨어요?")이라든지 하다못해 날씨("요즘 갑자기 추워졌네요. 감기 환자가 많대요.") 얘기라도 건네는데, 이윤주 씨는 그런 '스몰 토크'라곤 일절 없이 일 애기만 하다가 볼일 다 보면 사라졌기 때문이었다.

나는 원래 그런 식으로 일해왔고, 그런 방식이 이른바 '사회생활'에 그다지 유익이 되진 않는다는 것 정도는 알았지만, 그렇다고 그게 사람을 싫어하게 만들 이유가 된다고까지는 생각하지 못했다. 일만 잘하면 되니까. 하지만 그의 생각은 달랐던 모양이다. 그는 일을 잘하기 위해선, 특히 함께하는 일을 잘하기 위해서는 관계를 부드럽게 만들 필요가 있다고 생각하는 타입이었다. 안부와 근황과 날씨가 포함된 스몰 토크를 나누면서 말이다. 어쩔 수 없는 일이었다. 성향의 차이, 일하는 스타일의 차이니까. 그런데 이 또한 그의 생각은 달랐던 모양이다. 내가 스몰 토크를 시도하지 않는 것이 자신에 대한 무시라고 그는 여겼다. 이쯤 되니 나도 심사가 뒤틀리기 시작했다. 다르면 다른 대로 서로 인정하면 되지, 감정적으로 곡해할 필요는 없지 않은가.

그가 내게 원하는 게 뭔지 알고 나서도 나는 해주지 않았다. 그러니까 그 '대단한' 스몰 토크를 말이다. 그것만 해주면 그에게 미움받지 않는다는 것을 아는데, 하기 싫었다. 매일 보는 사람에게 미움을 산다는 게 편한 일은 아니었지만, 그래도 싫었다. 스몰 토크를 죽어도 할 수 없어서가 아니었다. 내게 익숙한 일은 아니지만, 그게 또 뭐라고, 맘이 내키면 그냥 한두 마디 해주면 될 일이었다. 하지만 '겨우' 스몰 토크 때문에, 한 공간에서 일하는 동료에게 미움의 에너지를 소모하는 사람에게 나는 구태여 호감을 얻고 싶지 않았다. 나에 대한 그의 미움은 미움으로 내버려두는 게 나을 것 같았다.

누군가 나를 나쁘게 생각해도 그걸 바꾸려고 애쓰지 않게 되는 상황이 점점 많아진다. 나이가 드니 인간관계가 부질없게 느껴진다거나, 사람에게 공을 들이는 일이 귀찮아서가 아니다. 나와 정서적으로 긴밀한 사람들을 나는 끊임없이 염려한다. 그들의 기쁨과 슬픔은 내게 옮아오며, 나의 기쁨과 슬픔 또한 그들과 결속한다. 다만, 사람이 사람을 사랑하는 일처럼 사람이 사람을 싫어하는 일 또한 이 세상에서 영원히 중단되지 않는다는 사실을 받아들인다. 누군가 나를 싫어하는 데는 (그게 합리적이든 아니든) 그만의 이유가 있다. 그건 내가 어찌할 수 없는 일이다. 설령 어찌할 수 있다 해도, 어찌하는 데 사용할 에너지나 마음이 내게 없다면, 또다시 어찌할 수 없는 일이다.

누군가 나를 싫어한다는 사실이 나의 발목을 잡지 않게 되면서, 세상에서 벌어지는 일을 바라보는 눈도 바뀌었다. 아무에게도 미움받지 않고, 어디서나 호인(好人) 소리를 듣는 사람은 경계하게 된다. 한 사람의 세계관이 어느 누구의 세계관과도 충돌하지 않는 것은 불가능하다. 그렇게 보이는 경우라면 두 가지일 것이다. 그가 '미움받지 않기 위해' 자신의 세계관을 숨기고 있거나, 아니면 그에게 세계관 자체가 존재하지 않거나. 어느 쪽이든, 건강하지도 매력적이지도 않은 건 마찬가지다.

그러고 보면 글을 쓰는 것은 미움받을 짓을 사서 하는 일이라고 할 수 있다. 누군가의 글은 (불특정 다수의 독자를 향해) 소리친다. 자, 나의 세계관은 이러하다. 당신의 세계관은 나의 세계관과 충돌할 준비가 되어 있는가. 결혼하지 않으면 이혼할 일이 없고 사랑하지 않으면 실연할 일이 없듯, 굳이 쓰지 않으면 나의 세계관이 당신의 세계관과 충돌할 일도 없다. 하지만 이혼이 없고 실연이 없고 충돌이 없는 세상이 가능한가. 아니, 그런 세상이 과연 아름다운가.

글을 쓰고 나면 많은 의견을 듣는다. 쉽다, 어렵다, 친절하다, 복잡하다, 가볍다, 무겁다, 따뜻하다, 불편하다…… 쉽다는 이야기를 들으면 너무 저급한가 고심하고, 어렵다는 말을 들으면 너무 현학적인가 고심한다. 따뜻하다고 하면 너무 감상적인가 싶고, 불편하다고 하면 너무 독단적인가 싶다. 그런 평가들을 쫓아다니며 읽는 사람의 선호에 맞추려 하다 보면 결국 쌀로 밥 짓는 소리를 하게 된다. 아무에게도 미움받지는 않겠지만, 결국 아무것도 아닌 소리.

글을 쓰다 한번씩 두려워질 때마다 나는 외운다.

'모든 사람에게 좋은 글은 결국 누구에게도 필요 없는 글이다.'

거의 다 된 글을 훑어보다가 불현듯 직감할 때가 있다. 여기서 '스몰 토크' 한 줄만 집어넣으면, 이 글은 적어도 미움받진 않는다는 걸. 하지만 그 한 줄을 기어이 뺀다. 읽는 이의 비위를 맞추는 글은 결국 누구를 위한 글도 아니라고 믿기 때문이다. 글은 소통을 위한 것이지만 소통은 소란 속에서 싹튼다. 교통 신호처럼 파란불 켜면 탁 건너가고 빨간불 켜면 딱 멈추는 일이 아니다. 싸우고 헤어지고 남겨지고 좌절하고 외로워하다가 그래서 다시 사랑하기로 할 때 소통은 시작된다.

그 과정에서 어떤 미움은 어쩔 수 없이 미움으로 남는다. 나를 싫어했던 나의 동료처럼. 그를 바꾸려 하지 않았던 나처럼. 하지만 또 어떤 미움은 희한하게 꿈틀거리며 당신과 나 사이에 길을 낼 것이다. 당신과 나의 우주는 달라도 너무 다르지만, 그래서 결코 섞여들 수는 없지만, 외로울 때 슬쩍 건너가볼 수 있는 길이 있는 건 나쁘지 않다고 느끼며. 당신과 나는 비밀스럽게 그 길을 오간다. 싸우고 헤어지고 남겨지고 좌절하고 외로워하다가 그래서 다시 사랑하기로 한 사람들처럼. 그 길은 누군가에겐 있는지 없는지도 모를 길이지만, 결국 우리에겐 없으면 안 될 길이 된다. 그런 길이 되는 글을, 나는 쓰고 싶다.

글에게
배신을 당했을 경우

글쓰기의 좋은 점 중 하나는 글 쓰는 사람들에 대한 헛된 기대가 사라진다는 것이다. 글은 글일 뿐 글이 사람을 말해주지는 않는다는 사실을, 청년 시절의 많은 부분을 글쓰기에 할애한 결과 깨달았다. 생의 초반에는 생의 뒤통수에 관해 생각할 일이 많지 않듯, 창작을 꿈꾸던 청춘의 초반에는 글의 뒤통수를 대번에 알아차리진 못했다. 아름다운 글을 보며 아름다운 사람을 상상하게 되는 건 천진한 독자로서 자연스러운 일이니까. 사랑에 빠졌을 때, 상대가 변비에 시달려 윗도리만 걸치고 좌욕하는 장면부터 상상하는 사람은 드물지 않은가.

　쓰다 보니 알았다. 글과 글쓴이 사이에는 헤아릴 수 없는 거리가 있다는 것을. '청춘을 바쳐 사랑했던 작가 A씨, 알고 보니 개차

반' 같은 배신감을 말하는 게 아니다(물론 그런 순간도 꾸준히 누적되긴 했지만). 내가 직접 글을 쓰다 보면, 글이 나를 구성하는 수만 가지 상태 중 하나에서 비롯된 결과물임을 알게 된다는 뜻이다. 또는 그 수만 가지 상태가 복잡한 화학 작용을 일으킨 결과물이라 해도 좋다. 글은 투명하지 않다.

글이 본디 투명하지 않은 것이라 해서 그럼, 장렬히 펜을 부러뜨린 뒤, 아니 노트북을 뽀갠 뒤 책장에 꽂힌 책들을 모조리 뽑아다 불태워야 마땅한가? 그럴 리 없다. 그런 방화(放火)는 얼치기나 하는 짓이다. 진짜 읽기/쓰기는 글이 투명하지 않음을 자각하는 데서 출발할 것이다. 글이 투명할 수 없음을 인정하는 것은 인간이 투명할 수 없는 존재임을 받아들이는 것이기 때문이다. 투명하지 않은 인간이란 머리에 뿔을 달고 뱀처럼 혀를 날름거리며 호시탐탐 부정(不正)의 야욕을 품는 인간이 아니다. 외로워 죽겠다며 지나가는 달팽이라도 소개시켜달라더니 갑자기 혼자 있게 해달라며 단톡방에서 뛰쳐나가는 인간이다. 이제부터 남의 시선 따위 의식하지 않겠다더니 인스타 팔로워 수가 올라가지 않는다고 신경질 내는 인간이다. 환경과 더불어 살겠다며 텀블러를 장만하더니 새 텀블러 나올 때마다 계속 사는 인간, 기운 내고 싶은데 기운 내기 싫은 인간, 맹렬히 살고 싶은데 틈틈이 죽고 싶은 인간이다. 우리 자신을 비롯해 우리가 사랑하고 미워하는 모든 인간이 그렇게 한시도, 투명하지 않다.

아동 치료 정신분석가 멜라니 클라인Melanie Klein에 따르면 젖 먹이 아기는 모유가 원활히 나올 때와 그렇지 않을 때의 상황을 '통합'하지 못한다고 한다. 젖이 원활히 나오는 만족스러운 가슴과 잘 나오지 않아서 짜증스러운 가슴이 같은 사람의 자질이라는 것을 이해하지 못한다는 것이다. 그러다 시간이 지나면 '한 사람'에게서 젖이 잘 나오기도 하고 안 나오기도 한다는 것을 받아들이며 '엄마'라는 존재를 수용한다. 인간의 투명하지 않음, 복잡성, 모순 등을 인정하는 것은 발달의 조건이기도 한 것이다.

젖을 뗀 인간이라면 내가 사랑한 글과 글쓴이의 아름다움이 일치하지 않는다고 해서, 책에 불을 지르거나 글쓴이의 결함 자체를 부정해선 안 된다. 나는 지금보다 어렸던 시절에 성서처럼 여겼던 작가들의 책을 더 이상 그렇게 여기지는 않지만 여전히 어느 정도 갖고 있다. 책장에 두고 이따금 꺼내서 설렁설렁 넘겨 본다. 어떤 텍스트도 성서가 될 수 없음(심지어 성서 그 자체도……!)을 잊지 않으려고 들춰 본다. '작가에게 배신당함'이라는 사실로 하나의 텍스트가 더 생긴 셈이다. 날 짜증 나게 했던 가슴도 엄마 거였어! 비로소 그 불편한 조합을 이해하게 된 아기처럼.

나는 수많은 '모순의 텍스트'를 해독하려 애쓴다. 모순을 장기간 응시하고 있으면 본능적으로 멀미가 나고 도대체 지구에 소행성 언제 충돌하나 싶지만, 그렇게 불투명한 인간을 있는 그대로 끌어안을 때만 보이는 진실들이 있다. 그렇게 불투명한 인간이 만들어낸 글을 환상 없이 소화해야만 보이는 좁은 길이 있다. 그 좁은 길에 들어서야만 내 모순도 드러난다. 우리는 대개 드러나야만 항복하지 않나. 그제야 부끄러움을 안고 슬금슬금 각성하는 것이다. 열 가지 모순을 일곱 가지로 줄여야지. 일곱 가지 모순을 다섯 가지로 줄여야지.

내가 약자였을 때 목격한 폭력을, 처지가 좀 나아졌다고 외면하지는 말아야지. 남의 개소리가 듣기 싫으면, 나도 개소리하지 말아야지. 질서 있는 문장을 썼으면, 공공장소에서 행패 부리지 말아야지. 글과 삶이 일치하긴 어렵더라도, 삶이 글을 전폭적으로 배반하는 지경에 이르지는 말아야지. 이런 다짐과 실천은 결코 쉽지 않지만 결과적으로 내 평화와 안락에 유리하다. 거대한 모순을 어느 정도 봉합하면 다이어트할 때 아메리카노에 헤이즐넛 시럽 넣는 정도의 모순이 드러났을 때 읊조릴 수 있기 때문이다. "이것은 내가 내게 보내는 애교이다."

시간과
화해하는 사람

집에서만 입는 흰색 면 티셔츠가 있다. 아무 무늬도 라인도 없는, 그야말로 하얗기만 한 반팔 티셔츠. 적당히 닳아 부들부들한 질감. 빨래를 개다가 손바닥으로 꾹 눌러본다. 한 번 집에서 입기 시작한 옷은 웬만해선 다시 집 밖을 구경하기 어렵다. '집에서 입는 옷'이 되어버린 운명이다. 그런데 내가 앞으로 아무 무늬도 라인도 없는, 그야말로 하얗기만 한 반팔 티셔츠를 새로 살 일은 없을 것 같다. 그것은 소녀들의 옷이기 때문이다.

남달리 보수적인 패션 철학을 설파하려는 것은 아니다. 흰 티셔츠에 관한 한, 그것이 '유난한 젊음'에만 조응한다고 나는 생각해왔다. 대충의 젊음이 아닌 유난한 젊음. 옷의 디테일이 신체의 디테일을 보완하지 않아도 되는 젊음. 신체 자체의 이러저러함이

옷의 소재나 컬러를 개의하지 않는 젊음. 그런 젊음의 시간은 길지 않다. 그런 젊음의 시간을 오래전에 떠나보낸 이가 흰 티셔츠를 입었을 때 나는 후줄근하다고 느낀다. 그에게 컬러가 필요하다고 느낀다. 하지만 그런 젊음의 시간을 한창 지나고 있는 이가 흰 티셔츠를 입었을 때 나는 말쑥하다고 느낀다. 그에게 다른 컬러가 필요하다고 느끼지 않는다.

흰 티셔츠 차림으로 밖을 돌아다니던 시절은 내가 의식하지 못하는 사이 지나가버렸다. 그것이 애석하거나 안타깝지는 않다. 흰 티셔츠 대신 흰 블라우스를 고르고, 흰 티셔츠 대신 푸른 티셔츠를 고르는 지금이 그때보다 못하다고 느끼지도 않는다. 다만 시간에 대해 나는 생각한다. 어떤 시간이 반드시 지나가버리고 그것이 다시는 돌아오지 않는다는 사실에 대해. 같은 강물에 발을 두 번 담글 수는 없다는 사실에 대해.

올해 서른아홉이 되었다. 어떤 사람들에게는 적고, 어떤 사람들에게는 많을 숫자다. 나 자신은 그저, 많지도 적지도 않은 나이를 통과하는 중이라고 여긴다. 기묘한 불안과 균형을 동시에 느끼기도 한다. 대단히 모험적인 나날을 보내기엔 적절하지 않지만, 그렇다고 대단히 정형적인 나날을 앞두고 있지도 않은, 적당한 각성과 적당한 피로가 교차하는 나이. 나이는 결코 깡패가 아니지만, 나이가 숫자에 불과하다는 말도 별로다. 나는 언제나, 심지어 막 스물이 되었던 때도 나잇값을 하는 사람이 되고 싶었다.

시간에 저항할 수 없다면 시간과 화해하는 사람이 되고 싶었다. 굴종도 타협도 아닌 온전한 화해. 내가 더 이상 보살펴질 수 없는 존재임을 인정하고, 내가 보살펴야 할 존재들에게로 시선을 돌리는 것이 내게는 시간과의 화해였다. 책임과 인내를 가까이하고, 미움과 미망(迷妄)에서 멀어지는 것이 화해였다. 하지만 누구에게나 제 나이는 낯설고 마음속엔 자라지도 가출하지도 않는 어린애가 칭얼대고 있으므로, 시간과 화해하는 것은 쉬운 일이 아니다. 매번 저만치 앞서가는 시간의 꽁무니에 대고 읍소를 한들 욕을 한들, 시간은 귀먹은 강물처럼 제 갈 길을 갈 뿐이니.

그 와중에 강물의 유속과 온도와 냄새 따위를 기록하려고 나는 글을 쓴다. 같은 강물에 발을 두 번 담글 수 없는 대신, 글에 남겨진 강물을 기억함으로써 현재의 강물에 압도되지 않을 수 있다. 내가 쓴 글은 그 자체로 나의 과거다. 수려하든 추악하든 그것은 시간을 증언함으로써 나의 진보와 후퇴를 가늠케 한다. 적어도 시간이 나를 허투루 통과하지 않았음을 인식하게 한다. 그리고 그 인식은 생의 곳곳에 도사린 허무의 습격에 맞서게 한다. 결국 시간이 모든 것을 삼킨다는 허무. 그 끝에는 아무것도 없다는 허무.

사람이 한결같다는 말이 칭찬으로 들리지 않는 이유도 그래서다(물론 변덕이 죽 끓는 나로서는 들어본 적 없다). 다 큰 어른에게 순수하다는 말이 껄끄러운 것도 마찬가지다(물론 우울이 밥 같은 나로서는 들어본 적 없다). 더는 흰 티셔츠를 고르지 않게 되듯 나이 듦에도 색이 필요하다. 백지는 어른의 것이 아니다. 발꿈치, 종아리, 때로는 목 끝까지 덮치는 강물을 견딘 이에게 색이 없다면, 그에게 여전히 흰 티셔츠가 어울린다면, 그는 허울뿐인 요트에서 생을 탕진했을지도 모른다. 어렸던 날들에 쓴 글이 부끄럽지 않다면 거짓말이겠지만(심지어 2년 전에 낸 책에도 '지금의 나'가 동의하기 어려운 부분들이 있다), 그 부끄러움이 오늘의 글에 긴장을 불어넣는다. 현재의 자신이 과거의 자신을 갱신했다고 믿는 순간에야, 나는 목 끝까지 차오르는 강물을 지나갈 수 있다.

이전으로 돌아갈 수 없다고 느끼는 순간에 쓴다. 인생은 돌아갈 수 없는 순간의 연속이니까 계속 쓴다. 젊고 늙음이 글쓰기의 기량을 흔들지 않는다는 것은 그런 의미에서 다행스럽다. 나이가 들수록 잘 쓰게 된다는 것은 물론 아니지만(반대의 사례를 우리는 수없이 목격한다), 축구선수나 발레리나처럼 젊음의 기한이 '리즈 시절'을 담보하는 것은 아니니까. 나의 글쓰기에 리즈 시절은 아직 오지 않았다는 희망으로, 내일 또다시 부끄러울 글을 오늘도 썼다.

내 속엔
애와 개가 있어서

"이 세상에는 말이야, 호레이쇼. 자네의 철학으로는 상상도 못 할 일이 많다네(There are more things in heaven and earth, Horatio, than are dreamt of in your philosophy)."

셰익스피어는 햄릿을 통해 말했다. 알긴 아는데, 그러니까 그렇게 놀랄 것도 없다는 걸 아는데, 생각처럼 잘 안 된다. 세상에 대해, 인간에 대해, 이렇게 지치지도 않고 경악하고 실망하는 걸 보면. 물론 그 모든 환멸의 종착지는 나 자신이다. 성숙하고 쿨하고 담대하고 싶은데 오늘의 나는 여전히 철없고 졸렬하고 조바심 가득하다. 그럴 때 나는 침대 속으로 기어들어가 이불 동굴을 만들고 유튜브를 켜서 '오은영'과 '강형욱'을 검색한다.

애도 개도 키워본 적이 없는 내가 자녀 교육 전문가와 개 훈련

전문가의 영상을 꼬박꼬박 찾아 보게 될 줄이야. 하지만 따지고 보면 그들과 무관한 사람은 없다. 우리는 누구나 애(였)고 개(였)지 않은가. 각각 부모와 주인이라는 우주 속에서 애와 개는 평온과 불안을 오간다. 애와 개는 (적어도 이 사회가 합의한 룰 안에서) 독립할 수 없으므로, (적어도 이 사회가 합의한 룰 안에서 성인이라고 인정되는) 보호자에 의해 양육된다. 즉 그들은 길러지므로, 기르는 사람이 필요하다. 그들의 언어는 양육자가 듣기에 온전하지 못하고, 양육자의 언어 또한 그들 귀에서 저마다의 방식으로 걸러지거나 왜곡된다. 그들은 양육자를 사랑하고 양육자도 그들을 사랑하지만, 사랑은 아주 많은 경우에 의도와는 다르게 길을 잃는다.

길을 잃으면, 사랑은 폭력으로 변한다. 개는(애는) 왜 내 마음을 몰라주냐고 물고(울고), 주인은(부모는) 도무지 뭘 어떻게 해야 할지 몰라 물린다(울린다). 강형욱 훈련사는 한 인터뷰에서 "강아지 훈련사라고 속이고 가서 사람을 교육하는" 것이라고 말했다. 오은영 박사도 마찬가지다. 아이를 진단하는 동시에 부모를 진단하고 아이를 훈육하는 동시에 부모의 행동을 바로잡는다. 애든 개든, 문제는 '관계'다. 그러니까 또다시, 문제는 관계다. 내 모든 경악과 실망과 환멸도, 애초에 무엇과도 관계 맺지 않았다면 없었을 것이다. 무엇에도 기대하지 않았다면, 무엇도 사랑하지 않았다면. 하지만 그럴 수는 없다. 내 속에는 여전히 애가 있고 개가 있기 때문이다. 그들이 이따금(아니 사실 자주) 튀어나올 때 나는 안 되는 걸 되게 하려고 떼쓰며 울고, 사랑하는 사람들을 아프게 문다. 오은영 박사를 만나려면 1년은 대기해야 한다고 들었다. 강형욱 훈련사는 아직은 네 발로 다니는 동물만 다루고 있다.

두 전문가를 만날 길이 없는 나는 하는 수 없이 이불 동굴 속에서, 그들이 나의 철학으로는 상상도 못할 만큼 망가진 관계를 기적처럼 회복시키는 것을 본다. 방송이라는 것이 상황을 과장하고 효과를 확대하기 마련이지만, 최소한, 폭력으로 변한 사랑이 다시 제자리로 돌아갈 수 있게 그들이 '노력'하는 순간을 본다. 곁에 다가가지도 못해 산책은커녕 목욕조차 몇 년째 시키지 못했던 개가, 주인의 손에 몸을 맡기고 집을 나서는 걸 본다. 바닥에 드러누워 목이 쉬도록 울고, 물건을 던지고, 지쳐 토할 때까지 악쓰던 아이가 엄마의 품에 안겨 세상 그 무엇과도 싸울 필요가 없다는 표정으로 잠드는 것을 본다. 카메라가 꺼지면 애는 다시 울고, 개는 다시 물지도 모른다. 하지만 오은영과 강형욱은 약속이나 한 듯 말한다.

꾸준히 하면 된다고.

사람 고쳐 쓰는 것 아니라고들 한다. 그 말이 나는 싫다. 인간은 변하고, 또 변해야만 하는 존재다. 동시에 인간은 다른 인간의 변화를 도와야 하는 존재다. 두 전문가가 아이를 훈육하고 개를 훈련하는 모습이 감동적인 건, 당사자도 포기해버린 관계에 개입하여 그들을 '고쳐 쓰려' 하기 때문이다. 언젠가 오은영 박사가 출연한 프로그램에, 원하는 일이 이뤄지지 않으면 고함과 욕설과 발길질 등으로 온 가족을 괴롭히던 남자아이가 나온 적이 있다. 그 프로그램에 나온 아이들은 대개 가족들에게 난동을 피우다가도 오은영 박사가 집으로 찾아와 훈육을 시작하면 (잠시나마) 얌전해지곤 했는데, 그 아이는 수그러들지 않았다. 육탄전이라고 말할 수밖에 없는 상황과, 가족 구성원 모두가 동원되는 심리 치료가 이어진다. 그러던 어느 날, 여느 때처럼 오은영 박사의 진료실을 찾은 아이가 묻고, 오 박사가 대답한다.

"만약 박사님이 날 못 고치면 난 어떻게 되는 거야?"

"선생님은 포기 안 해. 널 고쳐줄 거야. 어떤 방법을 써서든 고쳐줄 거라고."

"그래도 하루아침에 바뀌는 건 아니잖아."

"아주 조금씩 노력하자."

아주 조금씩, 누군가 노력해줄 때 인간은 나아질 수 있다. 인간은 너무 복잡하기에 수많은 형태로 망가지지만, 또 너무 복잡하기에 수많은 형태로 나아질 수 있다. 우리가 목격하는 수많은 '괴물'들에게, 과거의 어느 시점에 누군가의 개입이 있었다면, 그와 주변인들이 겪는 불행의 크기가 지금보다 작았을지도 모른다. 다시 말하면 지금 이 순간에도, '포기하지 않는' 누군가의 개입으로 어떤 불행의 크기는 줄어들고 있다. 강형욱 훈련사는 훈련의 과정 자체를 고통스러워하는 보호자에게 "지금 견디지 않으면 나중에는 돌이킬 수 없게 될지도 모른다"고 말한다. 오은영 박사 또한 고통스러워하는 보호자에게 "지금 이 아이와 싸워 이기자는 것이 아니라, 아이를 타인과 함께 살아가는 구성원으로 만들자는 것"이라고 말한다.

나에게 개입하는 몇몇 소중한 사람들이 있었고, 지금도 있다. 그들 덕에 나는 지나치게 망가지지 않았으며, 앞으로도 아주 조금씩 나아질 수 있을 것이다. 그런 생각을 하면서 나는 이불 동굴 밖으로 나온다. 글도 그렇다. 나는 글을 쓰며 수시로 내게 개입한다. 글을 통해 세상에 개입한다. 그렇게 매일 '고쳐질 가능성'을 타진한다. 포기하지 않고.

곱게 취한
어른들의 세상

내 어린 조카는 잠드는 걸 싫어한다. 억울해한다는 편이 정확하겠다. (아직 실컷 못 놀았는데) 왜 벌써 저녁이에요? 왜 벌써 밤이에요? 왜 또 자야 해요? 아직 시간관념이 없는 아이의 의문은 매일의 땅거미와 더불어 반복된다. 간혹 낮잠을 건너뛰는 바람에 평소보다 일찍 까무룩 잠들면 한밤중에 깨어나 나라 잃은 백성처럼 통곡한다. 소중한 저녁 시간을 수면 따위에 소모해버린 것이 원통하고 또 원통한 것이다.

아이에게 "졸려?"는 금기어다. 소스라치게 싫어하는 질문이다. 손가락으로 톡 건들면 바로 곯아떨어질 것 같은 얼굴을 하고서도 결코 자신은 졸리지 않다고 저항한다. 신기하기도 하지. 자는 게 얼마나 좋은 건데. 세상에서 눕는 것과 자는 것이 제일 좋은 이모로서는, 잠드는 순간을 어떻게든 유예하려는 아이의 의지가 경이롭기만 하다. 아이에게는 깨어 있는 감각이 그토록 소중한 걸까. 깨어 있는 순간의 모든 자극이 즐겁고 애틋한 걸까. 세상은 재밌는 것투성이라 온종일 살아도 더 살고 싶은 걸까.

다섯 살 아이의 하루하루에 주어진 일은 노는 것뿐이다. 아이는 특별히 궁리하지 않고도 하루를 빼곡히 촘촘히 논다. 무언가를 그리면서 놀고, 접으면서 놀고, 붙이면서 놀고, 세우면서 놀고, 부수면서 놀고, 옮기면서 논다. 아이의 놀잇감에는 자격도 한계도 없다. 지난번에는 할머니가 마트에서 무와 호박과 닭고기 등을 사 오자, 약 2초간 눈을 반짝이더니, 나에게 대뜸 '무가 필요하다'고 말해보라는 것이었다. 시키는 대로 "음, 갑자기 무가 필요하네" 말했더니 아이는 어디선가 보자기를 가져와서 무를 정성스럽게 싸매더니 나에게 조심스레 갖다주면서 "무 여기 있어요" 했다. 그냥 그게 다였다. 그다음에 호박이 필요하고 그다음에 닭고기가 필요하다면 아이의 놀이는 계속되는 것이었다. 30대 후반의 입장에서는 알 수 없는 노릇이지만 아이는 무, 호박, 닭고기를 차례로 보자기에 싸서 이모에게 1미터가량 배송하는 놀이로 한참을 즐거워할 수 있는 존재다.

한 사람의 어린 시절을 상상하면 눈물이 난다. 그가 지금 훌륭

하든 못났든, 그의 어린 시절이 유복했든 빈한했든, 누군가에게 어린 시절이 '있었다'는 사실은 맘을 저리게 한다. 그것은 사실 몹시 짧은 기간이었을 수도 있다. 잠들지 않고 무를 배송하고자 하는 조카를 보다 문득, 어린 시절이란 한글을 몰랐던 때라든지 학교 가지 않았던 때가 아니라, '그 이전'과의 연속성이 희박한 시기가 아닐까 생각했다. 기억할 것도 잊을 것도 없는 시기. 오늘이 어제에 매이지 않고, 내일이 오늘에 종속되지 않는 시기. 시간 그 자체를 이기기 위해 애쓰지 않아도 되는 시기.

어린 시절이 끝나고 시간의 지배를 받게 되면, 취하지 않고 오늘을 견디는 인간을 찾기 어려워진다. 불안을 피하려 일에 취하든, 상처를 덮으려 술에 취하든, 수치를 잊으려 명예에 취하든, 고독을 이기려 시선에 취하든, 열등감을 지우려 폭력에 취하든, 무엇에도 취하지 않은 채 오감을 깨우는 일은 가능하지 않다. 어린 시절을 끝낸 인간은 어딘가 취한 채, 자신의 과거와 싸우느라 매일을 소비한다. 이 싸움은 잘해야 본전이다. 이겨야 기껏 '사람 꼴'이며, 졌을 때의 상황에는 바닥이 없다. 바닥 없음을 목격하는 일은 너무 잔인해서, 다시 취할 거리를 찾게 한다.

취해도 곱게 취하라고, 그래서 그랬나 보다. 적어도 아이들의 잘못은 아닌 게 분명한 바이러스의 습격이 이렇게 세상을 오랫동안 시험에 들게 할 줄 몰랐다. 아침부터 동네 뒷산에 떨어진 나뭇

가지와 솔잎으로 소꿉놀이를 하던 아이는 피곤에 못 이겨 곯아 떨어져놓고는, 부스스 깨자마자 "도저히 잠이 안 와요"라고 엉뚱한 소리를 하고 있다. 저토록 생을 지극히 붙들고 있는 아이에게, 흐르는 순간순간이 아까워 죽겠는 아이에게, 곱게 취한 어른들의 세상을 보여주는 건 무리일까.

○

어떤 미움은 희한하게 꿈틀거리며
당신과 나 사이에 길을 낼 것이다.
당신과 나의 우주는 달라도 너무 다르지만,
그래서 결코 섞여들 수 없지만,
외로울 때 슬쩍 건너가볼 수 있는 길이 있는 건
나쁘지 않다고 느끼며.

4

작게 실패하기 위해 쓴다

○

나보다 많이 알고 많이 겪고 많이 써본 사람은 수두룩하다.

하지만 그들이 아무리 더 많이 알고 겪고 써도

두 개의 프리즘을 가질 수는 없다.

이 불편하고 부당한 세상에서 그것은 드물게 공정한 일이다.

공정하다면, 운동화 끈을 고쳐 묶지 못할 것도 없다.

글을 썼다기보다
똥을 쌌을 경우

글을 썼다기보다는 똥을 쌌다고 느껴지는 순간이 있다. 한참 글자를 채우고 나서 잠시 화장실에 다녀왔는데, 아니 변기는 저쪽인데 왜 내 책상 위에 똥이. 자신의 글이 똥처럼 보인 적이 한 번도 없는 작가는 역사상 존재하지 않을 것이다. 하물며 헤밍웨이도 그랬다는데("The first draft of anything is shit", 보통 '쓰레기'로 번역되지만). 헤밍웨이의 저 문장은 모니터에 똥을 싸는 수많은 작가가 자기혐오에 빠지는 것을 막아주지만, 그렇게 해서 수많은 똥(글)이 '용감하게' 배출되고 있다고 생각하면 또 음……. 인간은 언제나 무지와 용기 사이에서 외줄을 타야 한다.

물론 헤밍웨이가 똥이라고 한 건 '초고'에 한해서다. 후루룩 쫙쫙 일단 쓰고, 수십 번 고치는 작가들이 있다. 보석을 세공하듯이.

하지만 보석도 원석에서 나오는 것이니 헤밍웨이의 말에서 아무리 각별한 위로를 받는 작가라도 그의 초고가 진짜 '똥'이었을 거라고 짐작하면 곤란하다. 그러므로 자신의 똥을 바라보는 (뭇) 작가의 맘은 괴롭다. '헤밍웨이가 아닌 나'에게서 배출된 이 똥을 도대체 어찌할 것인가.

출판 편집자의 중요한 역할 중 하나는 저자를 응원하는 일이다. 편집 자체보다 이게 더 치명적일 때도 있다. 물론 플래카드를 들고 치어리딩을 하는 것은 아니고, 저자가 자꾸 자신의 글을 똥이라고 생각할 때, 그래서 계속 변비에 걸려 있을 때 정신적 지원을 제공함으로써 고통을 완화해주는 것이다. 어떤 저자든 처음 출간 계약을 할 무렵에는 대개 조증(躁症) 상태에 가깝다가, 자신의 글이 똥으로 인식되는 순간부터 울증에 접어들며 변비와의 싸움을 시작한다. 그럴 때 나는 "너무 잘 쓰려고 하지 않으셔도 돼요"라고 말하다가 좀 친해지면 "뭐랄까, 그냥 쓰레기를 쓴다고 생각하시면 어떨까요?"라고 말한다. 이 말은 정말 쓰레기 같은 글을 쓸 것 같은 저자에게는 할 수 없는 말이라서(그리고 보통 제정신을 가진 출판사라면 그런 저자와 '굳이 돈을 들여' 계약하지 않으니), 극심한 변비에 걸린 저자들에게 꽤 효과가 있다. 무엇보다, 그렇게 말하면 저자들은 웃는다. 웃음은 울증과 변비에 두루 통한다. 이 병들에 필요한 것은 이완이기 때문이다.

　그래서 나는 '제 머리 깎는 중'이 될 수 있을 줄 알았다. 변비에는 이완이 필요하다는 걸 아니까, 그렇게 많은 저자의 고통과 해방을 지켜봤으니까 내가 나를 쉽게 응원할 수 있을 줄 알았다. 하지만 나는 오늘도 책상 위에 퍼질러놓은 똥과, 책장에 꽂혀 있는 수많은 '보석'들을 번갈아 노려보며 상심에 잠긴다. 세상에 저렇게 훌륭한 글이 이미 많은데, 지금 이 순간에도 쓰이고 있을 텐데 왜 나까지 굳이. 똥을 쌌으면 치우는 게 매너. 냄새 풍기기 전에 얼른 덮어 갖다 버리고 싶다. 글을 쓰는 일이 전업이 아닌 동시에 혼자 하는 일이라는 게 다행스럽다. 만일 '글쓰기 직장' 같은 게 있다면 이렇게 똥만 싸는 직원은 가차 없이 잘릴 테니까.

　글을 '쓰는' 것과 '내보이는' 것, 나아가 '출판하는' 것은 모두 다른 차원이다. 첫 번째야 제 맘(또는 사생활)이라 쳐도, 두 번째와 세 번째 단계에서 작가는 스스로 '그래야만 하는 이유'를 설득하지 않을 수 없다. 왜 내가 불특정한 타인들에게 내 말을 좀 들어보라고 해야 하는가. 왜 저 무수히 훌륭한 책들 사이에 (그보다 못할 것이 뻔한) 나의 책을 추가해야 하는가. 저자들로부터 그런 고뇌와 두려움을 직접 듣는다. 세상에 ○○○ 같은 작가가 있는데 왜 제가 굳이 보태야 할까요. 나는 대답한다.

"○○○은 자기 인생만 살아봤지, 작가님의 인생은 안 살아봤잖아요."

모든 인간이, 한평생을 지지고 볶아도 결국 제 인생 하나 살다 간다는 사실이 한심하게 느껴질 때가 많지만, 바로 그렇기 때문에 '내가 아니면 안 될 일'들이 있다. 태양 아래 새로운 것 없다는 말도 맞지만 태양 아래 '나'는 나 하나라는 것도 맞다. 모든 글은 쓴 사람의 몸(마음)이라는 프리즘을 통과한 태양빛이다. 편집자로서 책을 만들 때 내가 저자들에게 보내는 응원은 그래서 전부 진심이다. 많이 팔릴 책, 세상에 균열을 낼 책, 비평적 찬사를 받을 책의 저자는 따로 있을지 몰라도, '단 한 사람'을 통과한 원고는 언제나 내 앞에 있다.

그럼 다시 저자로서, 글을 썼다기보다는 똥을 쌌다고 느껴질 때 마음을 붙잡는 법. 나보다 많이 알고 많이 겪고 많이 써본 사람은 수두룩하다. 하지만 그들이 아무리 더 많이 알고 겪고 써도 두 개의 프리즘을 가질 수는 없다. 이 불편하고 부당한 세상에서 그것은 드물게 공정한 일이다. 공정하다면, 운동화 끈을 고쳐 묶지 못할 것도 없다.

망할 놈의 예술을 한답시고

직장을 옮기기 전 1년쯤 프리랜서로 지낼 때였다. 코로나 지원 정책으로 '프리랜서 재난지원금'이 지급된다는 소식이 들렸다. 가슴이 뛰기 시작했다. 이 심란한 시국에 예상치 못한 수입을 얻을 수 있을지 모른다는 기대감 때문이 아니었다. 과연 내가 신청 기준과 제출 서류 등을 이해하고 준비할 수 있을 것인가. 직장에 다닐 때 매년 하는 연말정산조차 단 한 번에 통과된 적 없는 내가. 오래전 학교에서 기간제 교사로 일할 때 가장 두려웠던 것이, 말 안 듣는 학생도, 입시도, 교육 과정도 아닌 '공문'이었던 내가. 서류만 보면 문해력이 급속히 떨어지고 교감신경이 항진된다. 맹수의 위협으로부터 생존하기 위해 심장에 급히 혈류를 보내고 전신의 근육을 긴장시켰던 원시 인류처럼.

그러니까 나는 처음부터 이 '싸움'에서 이길 자신이 없었다. 구토를 억누르며 기사를 몇 개 찾아보니 신청 기준에 부합하면 3개월간 150만 원을 준다고 했다. 150만 원. 교정비를 200자 원고지 한 매당 2천 원으로 쳤을 때 750매짜리 책 한 권을 마감해야 받을 수 있는 금액이다. 인세 10퍼센트로 계약한 1만 5천 원짜리 책이 천 권 팔렸을 때 받을 수 있는 돈이다. 당장 괴나리봇짐을 지고 전국을 돌며 나의 첫 책『나를 견디는 시간』(깨알 홍보) 천 권을 팔 자신이 없다면 이 싸움에 뛰어들어야 했다. 서류 공포증 따위의 평계를 허용할 수 없었다.

'코로나19 긴급고용안정지원금' 홈페이지에 들어가 지원 대상과 신청 방법 등을 살펴보니 이건 정말이지 지금이라도 괴나리봇짐을 싸서 전국을 도는 게 빠를지도 모른다는 생각이 들었다. 일단 나의 직업이 어디에 속하는지 알기 어려웠다.

- 교육: 학습지 교사, 학원 및 교육연수기관 강사, 스포츠 강사 및 트레이너, 방과후 교사 등
- 운송: 지입기사(레미콘트럭 등), 구난차 기사, 기타 자동차 운전원(학원버스 운전기사 등), 공항·항만·시장·철도·창고 관련 하역종사자 등
- 여가: 연극배우, 작가(방송작가, 사진작가 등), 애니메이터, 여가 및

관광서비스 종사원 등

- 판매: 방문판매원, 영업사원, 대출·신용카드모집인, 보험설계사, 텔레마케터 등
- 서비스: 골프장캐디, A/S 기사, 정수기 방문점검원, 수도·가스·전기 검침원, 간병인, 대리운전·퀵서비스기사, 가사·육아도우미 등
- 기타: 생활정보신문 배포원, 의류판매 중간관리자, 심부름 기사, 목욕관리사, 북큐레이터, 통·번역가, 애견미용사, 웨딩플래너, 음악가 등

'외주 편집자' 또는 '무명작가'는 아무래도 저 분류 가운데서는 '통·번역가'에 가장 가까울 거라고 판단했다. 아, 나는 '기타'구나. 하지만 기타의 슬픔도 잠시. 백 번을 읽어봐도 무얼 어떻게 증빙하라는 건지 알 수 없었다. 코로나 발생 시점을 2월로 잡고 해당 월을 기준으로 소득이 감소했음을 보여달라는데, 아니, 말 그대로 '프리랜서' 아닌가. 작업이 그렇게 '월' 단위로 착착 발생해서 그달에 착착 마무리되는 게 아니다. 지원금을 받을 수 있을지 없을지도 모르는데 이 많은 서류를 무조건 다 떼야 하나. 이 싸움이 과연 승산이 있는 싸움인가. 오만 짜증과 설움이 물결치며 갑자기 취직이 하고 싶어졌다. 이 서류를 다 제출할 바엔 입사 지원 서류를 내는 게 낫겠어. 경영지원팀의 존재란 얼마나 아름다

운가.

하지만 나는 떼라는 서류를 일단 다 뗐다. 뭘 좋아할지 몰라 다 준비한다는 마음으로. 때아닌 6월의 35도 폭염이 찾아온 한 주였다. 그래. 어차피 '프리'한 프리랜서로서 체력이나 단련한다 치자. 은행에서 기나긴 대기표를 뽑고 사회적 거리를 신경 쓰며 앉아 있을 때는 명상을 했다. 우주는 조화롭고 내 마음은 분노로 가득하니 진정 어지러운 것은 서류가 아니라 내 마음인 것을. 밤에는 꿈을 꿨다. 누군지 알 수 없는 상대에게, "저기, 저 그냥 재난지원금 신청 안 하면 안 돼요……?" 물어보는 꿈. 그는 은은하게 기분 나쁜 골짜기 같은 미소를 지으며 "응, 안 돼" 했다. 나는 부스스 일어나 서류를 '때려 넣고' 신청 버튼을 눌렀다.

지원금 대란 사태에 관한 기사가 나오기 시작했다. 고용부 본부와 지방 공무원 1만여 명이 달라붙었다는 내용이었다. 신청 건수가 94만 건에 이르러 불가피하게 처리가 늦어지고 있다고 했다. 학습지 교사, 레미콘트럭 기사, 연극배우, 방문판매원, 골프장 캐디, 정수기 점검원, 애견미용사, 웨딩플래너, 텔레마케터, 무명작가 94만 명의 서류를 생각하니 다시 명상이 필요했다. 1만여 명의 인건비를 생각하면 애초에 묻지도 따지지도 말고 일괄 지원해주는 편이 낫지 않았을까 생각해보았다. 고용부 관계자가 "프리랜서 등이 소득 증명을 제대로 해본 경험이 없어 증빙 서류 자체가 미흡한 경우가 80% 이상이었다"고 설명한 대목에서는 왠지 억울했다. 가난을 증명하는 것도 구질구질해 죽겠는데. 뭘 좋아할지 몰라 다 준비했더니 기묘하게 까탈을 부리며 '이건 아니다'라고 토라지는 연인을 바라보는 느낌이었다.

그러고는 잊고 있었다. '055'로 시작하는 번호에서 전화가 걸려오기 전까지. 스팸일 거라 생각하고 받지 않았는데 또 울리길래 받았다. "안녕하세요, 대표님. 고용노동부 진주지청입니다." 세상에. 나는 서울시민인데 내 서류는 경상남도 진주에 가 있었다. "업무가 너무 많아서 저희가 처리하게 되었습니다"라는, 경상도 억양이 강하게 섞인 담당자의 말에 숙연해졌다.

"대표님 케이스가 좀 복잡해서요. 몇 가지 여쭤볼게요."

"네."(공손)

"12월에 ○○고등학교에서 일하신 건은 무슨 건이죠?"

"아, 강연이요."

"계약서는 없나요?"

"일회성 강연이라 계약서는 따로 없었어요⋯⋯."

"아, 네. 그럼 대표님, 1월에 ○○출판사에서 입금된 금액은⋯⋯."

"그건 인세예요. 제가 쓴 책의⋯⋯."

"아, 인지세요. 그럼 2월에 다른 ○○출판사에서 입금된 건은요?"

"그건 외주 편집비라고, 그게 뭐냐면요…… 책을 만들 때 오탈자가 있는지……."

한참 '자기소개'를 듣고 난 뒤 담당자는 '좀 복잡한 경우라 다른 부서에 물어보고 다시 전화해주겠다'는 말을 남긴 채 끊었다. 얼마 후 다시 걸려온 전화에서 추가 서류를 요청했다. 알겠다고 하고, 다시 (민감한 개인정보가 담긴) 서류를 전송하려다가, 문득 이게 말로만 듣던 보이스 피싱은 아닐까 의심이 들었다. 핸드폰에 찍힌 번호로 다시 전화를 걸었다. "네, 고용노동부 진주지청입니다." 담당자가 있는지 물어봤더니, 바꿔주겠다고 했다. "아니 아니, 괜찮아요. 하하. 아까 통화했어요. 감사합니다!"

그 뒤로 담당자와 몇 차례 통화가 더 오갔다. 나에겐 팩스가 없었고, 프린터가 없었고, 스캐너가 없었고 해서, 무언가를 보낼 때마다 한 단계씩의 대화가 더 필요했다. 프리랜서라는 사람들이 대개 이럴 텐데, 담당자의 친절과 끈기에 감사하는 마음이 들 지경이었다. 담당자는 설명 도중 나를 무심코 '선생님'이라고 불렀다가 황급히 '대표님'으로 고쳐 불렀다. 사람들이 이런 호칭에 예민한가 보다. 죽을 때까지 들을 일이 없을 뻔했는데 코로나가 만들어준 대표님 소리에 적응이 되어갈 무렵, 그래, 이분도 이렇게 노력해주시는데, 이 정도면 지원금 못 받아도 여한이 없겠······ 지는 않겠지만 그래도 마음이 좀 녹았다.

　제 발로 직장을 나왔고 원하는 일을 하고 있으므로 나는 나의 '가난'에 대해 너무 깊이 생각하지 않으려 한다. 하지만 코로나가 끝나도, 내가 책을 만들고 글을 쓰는 한 '돈'과의 싸움이 영원히 종식되지 않을 것을 안다. 돈을 벌려면 '이런' 일을 해서는 안 된다. 물론 이런 일을 하지 않는다고 해서 돈을 벌 거라는 보장도 당연히 없다. 아니, 무슨 일을 해도 전월세 난민에서 벗어나기 어려운 세상(이지만 누군가는 아파트 안에 앉아 있으면 몇 년간 몇 억을 버는 세상)에 나는 살고 있다. 이럴 때는, 젊은 시절 12년간의 우체부 생활과 지독한 가난 속에서 글을 썼던 찰스 부코스키의 작품 중에 「작가」라는 시를 떠올리면 좋다.

　○
　피골이 상접해 어깨뼈로 빵도 자를
　지경인데 자를 빵이 있어야
　말이지…

나는 이 구절을 정말 좋아한다. 말년에 부코스키가 형편이 완전히 피어서, '인생 승리'의 주인공이 되었기 때문은 아니다. '소득이 재난이라 / 재난지원금을 신청해야 하는데 / 신청할 팩스가 있어야 말이지……' 뭐 이런 놀이를 하면서, 어떤 가난의 시절을 보낼 수 있기 때문이다. 이 시가 실린 시집의 한국어판 제목은 『망할 놈의 예술을 한답시고』이다.

실패해도 괜찮다는 마음

밥솥이 고장 났다. 최근 들어 뚜껑을 열 때마다 음산한 경고음이 들리면서 불안불안하더니 아예 취사 버튼이 눌리지 않았다. 문제는, 쌀을 6인분이나 다 씻어놓고 나서 밥솥의 사망을 인식하게 되었다는 것이다. 나는 2인 가구의 일원이지만 평소 밥을 한꺼번에 지어서 냉동실에 얼려둔다. 명을 다한 밥솥보다 갈 곳을 잃은 쌀 6인분이 난감했다. 인터넷을 검색하기 시작했다.

'냄비밥 하는 법.'

내가 할 줄 아는 음식은 열 손가락 안에 (여유 있게) 꼽힌다. 그중 하나가 '삶은 달걀'인 것이 밝혀지면 대부분의 사람들은 뭔가 선명해졌다는 표정을 하고 '아'라는 감탄사를 보내준다. 사람이 보이스 피싱을 당하면 순간적으로 아이큐가 낮아진다는 이야기를 들은 적이 있는데, 그런 상황이 내게는 '가스 불' 앞에서 벌어진다. 멀쩡하던(?) 인간이 가스 불 앞에만 서면 두서가 없어지고 허둥대는데 그렇다고 인덕션 앞에서 괜찮다는 뜻은 아니다. 그러므로 냄비밥 하는 법을 굳이 검색해서 6인분의 쌀을 굳이 살려보겠다는 마음가짐은 나로서는 향후 세 시간 정도 (식사는 물론) 다른 일을 전혀 하지 못하는 상황을 감수한 것이었다.

아무것도 모르는 사람이 위험한 이유는 자신이 무얼 모르는지 모르기 때문이라는 진리를, 나는 늘 가스 불 앞에서 실감한다. '냄비밥'이라는 하나의 상(相)을 알고, 그 상을 이루는 대강의 얼개를 알아야 냄비밥을 '잘' 짓거나 '못' 지을 수 있다. 빨래는 세탁기가 하듯 밥은 밥솥이 하는 것이라고만 알고 살아온 인간의 세계관에서는 '초간단 냄비밥 하는 법', '고슬고슬 냄비밥 하는 법', '냄비밥으로 누룽지 만드는 법', '냄비밥 물 양 조절', '냄비밥 저어야 하나 말아야 하나' 등등의 정보 폭탄은 그야말로 혼돈의 카오스일 뿐이었다. '아무것도' 모르는 사람도 알아들을 수 있도록 계량화된 정보는 찾기 어려웠다.

쌀을 충분히 불린 후: 충분하다는 것은 무엇인가.

센 불로 끓이다가: 센 불이란 무엇인가.

한 번 우르르 끓어올라: 우르르란 무엇인가.

물이 자작자작해지면: 자작자작하다는 것은 무엇인가.

이런 식으로 게시물을 읽으며 '내가 무엇을 모르는지 모르는' 상태로 시간을 흘려보내다가 40년 주부 경력의 엄마에게 전화를 걸었다. "쌀을 충분히 불린 후, 센 불로 끓이다가, 한 번 우르르 끓어올라, 물이 자작자작해지면"이라는 대답을 들었다. 나는 하나 마나 한 말을 해서 시간 아깝게 만드는 사람을 비난할 때 입버릇처럼 "쌀로 밥 짓는 소리 하지 마라"라고 해온 것을 후회했다. 쌀로 밥을 지을 줄 모르는 데다, 알려줘도 모르는 사람이 여기 있었다. 모르는 일을 대할 때 가장 중요한 것이 무엇일지 우선 생각해봤다.

그것은 바로 만용을 부리지 않는 것이었다. 나는 시간이 더 오래 걸리더라도 6인분을 한꺼번에 시도하지 않기로 했다. 작게 시도하면 작게 실패할 것이었다. 불은 쌀의 일부를 라면냄비에 덜어, 물을 붓고, 끓이기 시작했다. 최전방에서 보초를 서는 병사처럼 가스레인지 앞을 잠시도 떠나지 않았다. 딱히 무얼 하지도 않으면서 그저 꼿꼿하게. 습도가 서울 부동산 가격처럼 치솟는 날이었다. 땀이 뻘뻘 나고 발바닥을 떼면 마룻바닥이 함께 들어 올려질 것 같았다. 결국 냄비 안에서 밥의 형상과 비슷한 것이 만들어지긴 했는데, 먹어보니 생쌀이 씹혔다. 작게 실패한 나는, 두 번째 냄비에 도전했다. 이번에도 작게 실패하면 된다는 마음으로.

스스로 무용하다는 느낌에 사로잡힐 때는 '큰 성공'보다 '작은 실패'가 도움이 된다는 걸 나는 알고 있다. 성공(이라고 불리는 것들)에는 나 자신이 통제하기 어려운 변수가 너무 많이 포함돼 있다. 쌀의 상태, 냄비의 소재, 물의 높이, 불의 세기, 조리 시간 등이 '전부' 맞아떨어져야 완성되는 냄비밥처럼. 나의 경우엔 그랬다. 이런저런 성공의 경험은 생각보다 나를 대단히 드높여주지 않았다. 어떤 성공, 아니 대부분의 성공은 오롯이 나 자신의 힘으로 주도된 것이 아니기 때문이었다. 자원, 조력자, 운, 타이밍, 호르몬(?) 같은 무수한 요소가 끼어든다. 나는 그것을 신뢰하기 어려웠다.

하지만 실패는 다르다. 실패는 그 자체보다 '실패해도 괜찮다는 마음'이 나를 단련시키기 때문이다. '작은' 실패가 중요한 건 그 때문이다. 너무 한 방에 때려눕히는 실패 말고, 몇 번쯤 겪어도 스리슬쩍 넘어갈 수 있는 실패. 몇 번 반복해도 그렇게 막 난리가 나지는 않는구나, 하는 안도감을 주는 작은 실패들. 그 경험이 훨씬 소중하고 장기적으로 쓸모가 크다. 두 번째 냄비도 실패했다는 말이다. 두 번째는 반대로, 익긴 익었는데 밥알들이 서로 경계를 허물고 떡의 영역으로 넘어갈 준비를 하고 있었다. 떡이라고 생각하고 먹으면 된다고, 나는 생각했다.

냄비밥 대장정을 마치자 늦은 밤이 되었다. 생쌀이 섞인 밥과

떡이 된 밥들을 여느 때처럼 소분해서 냉동실에 넣었다. 생쌀이 섞인 밥은 위쪽에, 떡이 된 밥은 아래쪽에. 무언가 씹는 맛이 필요한 날엔 위쪽에서, 소화 기능이 살짝 떨어진 날엔 아래쪽에서 꺼내면 된다(남편도 동의해주리라 믿는다). 평소 잘 쓰지도 않던 냄비 설거지가 한가득 나왔고, 냄비들의 바닥에는 밥이 눌어붙어 있었으며, 무엇 때문인지 나의 팔꿈치에도 바짝 마른 밥풀들이 매달려 있었지만, 팔꿈치를 씻으며 나는 생각했다. 밥솥이 없어도 뭐, 죽지는 않네.

○

아침의 개다리춤

내게 지금껏 불가해한 영역은 아침에 눈을 떠 양팔을 머리 위로 들어 올리며 "아! 잘 잤다"라고 말하는 마음이다. 물론 다른 때에 비해 비교적 잘 잤다고 느껴지는 날이 아주 없진 않지만, 그런 판단도 깨어나서 최소 몇 시간은 지나야 가능하다. 눈을 뜬 직후의 나는 대체로, 과연 이런 컨디션으로 오늘 하루 동안 사람의 구실을 할 수 있을까, 오늘 처음 만난 이에게 "안녕하세요" 대신 "피땀 눈물"이라고 인사하지는 않을까, 동네 담벼락 사이로 캣워킹 중인 고양이를 보며 "너도 혹시 기분이 개같니"라고 대화를 청하지는 않을까 하는 의혹을 안게 된다.

그러니까 잠에서 깬 직후의 기분에 압도되지 않는 것이 내 하루의 첫 과제다. 몸을 일으켜 피를 돌게 하고 신선한 공기를 마시고 나면 오늘도 사회 질서를 해치지 않고 하루를 영위할 수 있을 것이라는 최면을 걸어야 한다. 실제로 1년 중 300일 정도(?)는 다행히 대충 그렇게 된다. 눈을 뜬 직후의 처참한 기분이 저질의 수면 탓인지 낮은 혈압 탓인지 몰라도, 어느 정도 몸을 움직이다 보면 약간 나아지긴 하는 것이다. 하지만 어떤 날의 기분이란 그야말로 압도적이어서 모든 믿음과 기대를 방해하는데, 이때 내 오래된 습관 하나가 더해지면 상황은 최악이 된다. 그 습관은 바로 지금 일어나서 앞으로 한 시간 정도 안에 해야 할 일들을 '생각'하는 것이다.

일어나면 물을 한 잔 마시겠지. 아 그런데 어제 싱크대에 물컵 그대로 두고 잔 거 같은데. 그걸 씻어 바로 생수를 담으면 수돗물 맛이 나서 불쾌할 거야. 그럴 바엔 그냥 새 컵 하나를 꺼내야지. 오늘은 샴푸만 하고 트리트먼트는 생략해야겠어. 아직 일어나지도 않았는데 목이 아픈 걸 보면 트리트먼트 하다가 목에 담이 올지도 몰라. 근데 내가 똥을 언제 눴지? 어제는 아니고. 그저껜가? 날이 좀 쌀쌀해졌네. 샤워하고 선풍기로 머리 말리다가는 감기 걸릴지 모르니 드라이어부터 꺼내놔야지. 어제보다 확진자는 좀 줄었나? 마스크에 안경 걸리면 또 성가시겠지? 아무래도 렌즈를 끼는 게 낫겠어. 렌즈 몇 개 남았더라. 아, 진짜 렌즈값 생각하면 라식 수술을 해도 몇 번을 했을 텐데…….

이 지경에 이르면 저 모든 일을 실제로 하는 것만큼의 에너지가 들지만 '아직 못 했다'는 점에서 스트레스가 폭증하면서 형언하기 어려운 피로가 몰려온다. 안 좋은 기분에 더 안 좋은 기분이 원플러스원 행사 상품처럼 딸려오는 것이다. 이럴 때는 의지와 힘을 들여 생각을 중단해야 한다. 이때부터의 생각은 그저 '기분 탓'이기 때문이다. 쉽지는 않다. 생각은 컨베이어 벨트 같은 속성이 있어서 가만히 두면 가던 방향대로 가기 마련. 생각을 멈추려면 '내가 생각하고 있었다'는 사실 자체를 인지하는 것이 먼저다. 움직이고 있었다는 걸 알아야 정지 버튼을 누른다.

중요한 경기 전에 대기실에서 몸을 풀고 있는 김연아 선수에게 인터뷰어가 "무슨 생각을 하면서 (스트레칭을) 하세요?"라고 묻자, 김연아 선수가 특유의 너털웃음을 치며 "무슨 생각을 해요, 그냥 하는 거지"라고 대답했던 장면을 자주 떠올린다. 여왕의 위엄. 어떤 대업은 생각하지 말고 '그냥 해야' 이뤄진다. 여왕이 생각을 멈추기 위해 어떤 노력들을 기울였는지 나 같은 범부는 헤아릴 길이 없다. 다만 이렇게 항변할 수는 있다. 정신노동을 하는 경우, 특히 그것이 창작의 영역인 경우에는 일견 무의미해 보이는 생각들이 흘러가다가 어떤 착상에 이르게 되는 경우가 있어서 생각의 온/오프 스위치를 통제하는 일이 쉽지 않다고. 그러니 계속 '생각하는 상태'에 올라가 있는 것이다. 생각을 멈추는 방법은 커녕 생각하지 않는 상태가 어떤 건지 감이 오지 않을 때가 많다.

미국의 소설가 데이비드 포스터 월리스는 자신이 오랫동안 사랑했던 테니스 선수 트레이시 오스틴의 자서전을 읽고 어안이 벙벙했던 경험을 「트레이시 오스틴이 내 가슴을 후벼 판 사연」이라는 에세이에서 토로했다. 월리스 본인이 주니어 테니스 선수였던 경험도 있었으므로 그는 "남다른 재능과 홀린 듯한 열정으로 신체적 위업을 달성한" 전설적인 선수의 자서전을 통해 다음과 같은 '심오한' 것들을 기대했다. "비천한 뿌리, 궁핍, 조숙함, 굳은 다짐, 낙담, 끈기, 협동심, 희생, 포식자 본능, 진통제, 통증."

그러나 트레이시 오스틴은 월리스의 가슴을 제대로 후벼 판다. 대필 작가가 쓴 것임을 감안한다 해도 그 자서전은 놀라울 만큼 무미건조하고 단조로웠기 때문이었다. 이를테면 유에스 오픈의 극적인 결승전에 대해서 트레이시 오스틴은 이렇게 서술한다. "2-3에서 나는 크리스를 꺾었고 그런 다음 크리스가 나를 꺾었고 다시 내가 크리스를 꺾어서 우리는 4-4가 되었다."(응?) 그 결승전에서 승리했을 때의 감정에 대해서는 이런 식. "그 순간 내가 무슨 일을 해냈는지 깨달았다. 그것은 유에스 오픈에서 우승한 것이었다."(아.)

읽는(또는 듣는) 사람의 말문을 막는 이런 서술들은 우리에게도 낯설지 않다. 수많은 탁월한 선수들이 그 모든 드라마틱한 승부를 끝낸 후 마이크 앞에 섰을 때 "최선을 다했다"거나 "꾸준한 훈련으로 최선을 다했다"거나 "꾸준한 훈련으로 끈기를 갖고 최선을 다했다"는 식으로 말하는 것을 들어왔기 때문이다. 월리스는 이처럼 "운동 천재의 재능을 부여받고 발휘하는 사람들"이 그것을 '해석'하는 일에는 "눈멀고 귀먹을 수밖에" 없는 이유에 대해 이렇게 통찰한다.

"그들이 눈멀고 귀먹는 것은 그것이 재능의 대가이기 때문이 아니라 그것이야말로 재능의 본질이기 때문이다."

'생각하지 않는' 재능을 타고난 사람들이 있다. 훈련의 고통에 대해, 자신을 노리는 적수에 대해, 야유와 비난에 대해, 또는 무지막지한 기대에 대해 생각하지 않고 '그냥 할 수 있는' 사람들이 있다. 묻지도 따지지도 않고 그냥 하기 때문에 초인적인 집중력을 발휘할 수 있는 사람들이 진짜로 있다. 그런 재능이 전혀 없는 (나 같은) 사람은 그럼 어쩌란 말인가. 평생 원플러스원 행사 상품처럼 딸려오는 '안 좋은 기분'과 '비효율'을 감내해야 하는 것일까. 월리스는 이에 대해서 약간의 위로를 건넨다. "선수들 같은 천상의 재능을 갖지 못한 구경꾼인 우리야말로 자신이 허락받지 못한 재능의 경험을 진정으로 보고 서술하고 생기를 불어넣을 수 있는 유일한 사람인지도 모른다"고.

데이비드 포스터 월리스가 지독한 우울증, 중독, 강박에 시달리다 46세에 자살했다는 사실을 아는 독자라면 이 에세이가 보여주는 삶의 아이러니가 더욱 선명할 수밖에 없다. 천재적인 운동선수의 '초등학생 일기' 같은 자서전에 대한, 평생 '정신'과 씨름하다 스스로 생을 마감한 작가의 천재적인 문체. 어느 개같은 기분의 아침, 죄 없는 고양이에게 공감을 구걸하기 전에 나는 이 에세이를 펼쳐 좋아하는 문장들을 다시 읽는다. 그러고는 또다시 찾아온 하루를 청순하게 시작하고자 벌떡 일어나 개다리춤을 춘다.

비와 발자국

이사를 며칠 앞둔 친구가 비 예보를 보고 걱정을 했다. 올여름 비가 유난하긴 하다. 월요일 비, 화요일 비, 수요일 비…… 주말 내내 비.

"비 오는 날 이사하면 잘 산다잖아."

이럴 때 하기 좋은 말, 들어서 나쁠 것 없는 말을 나는 했다.

"근데 그거 왜 그런지 알아?"

친구가 내게 되물었다. 생각해본 적이 없다. 비 오는 날 결혼하면 잘 산다, 비 오는 날 이사하면 잘 산다…… 그냥 뭐, 힘내라고 하는 말들 아니었나. 비 오는 날 큰일을 치르면 아무래도 힘이 더 드니까.

"빗방울이 발자국을 씻어줘서 나쁜 귀신이 못 쫓아온대."

세상에. 미신이고 뭐고를 떠나, 무슨 이런 운치 있는 속설이 다 있단 말인가. 내가 걸어온 자국이, 쥐도 새도 모르도록, 씻겨 내려 간다니. 깻잎이 '깨의 잎'인 걸 알았을 때만큼이나 청량한 충격이 었다. 인생은 과거의 연속이고 현재는 과거의 업보다. 결혼을 하 든 이사를 하든 성형수술을 하든, 인생은 결코 '싹 다 갈아엎어' 지지 않는다. 하지만 갈아엎고 싶지 않은 인생이 있을까. 간절히 갈아엎고 싶은데 도무지 갈아엎어지지 않으므로,

비가 내린다.

발자국을 씻어준다는 논리(?)가 그래서 뭉클하다. 물에 씻겨 내려가는 흔적들. 나의 발목을 붙들고 있는 과거의 상흔들이 차 가운 빗줄기에 섞여 흩어진다면, 문득 어깨를 펴고 힘차게 출발 하지 않을 이유가 없다. 새 사람과, 새 공간에서, 새 얼굴로. 오늘 태어난 기분으로. 영화 「쇼생크 탈출」의 그 유명한 '탈출' 장면에 서 쏟아졌던 폭우를 떠올린다. 한밤중의 천둥은 주인공 앤디가 도주로로 선택한 하수관을 돌로 내려칠 때의 굉음을, 몇 번이고, 몸통이 들어갈 만큼의 구멍을 뚫을 때까지 덮어주었다. 그리고 앤디는 하수관 파이프('미식축구장 다섯 개를 합친 길이'라고 영화에서 는 표현된다)를 양 팔꿈치로 기어서, 땀과 구토와 오물이 뒤범벅된 몸으로 통과한다. 그 끝에 다다른 개천. 그리고 여전히 퍼붓는 비. 빗줄기는 양팔을 벌려 하늘을 바라보는 앤디를 씻기고, 또 씻기

고, 하염없이 씻겨준다. 그의 땀과 구토와 오물을, 20여 년의 속박을. '비'는 탈출 자체를 가능하게 한 조건인 동시에, 출발을 축복하는 의례였다.

사는 게 새삼 힘들 때 생각한다. '어쩌다-이렇게-되었지?' 먼저, '어쩌다'부터. 나의 현재를 만든 원인들을 돌이켜본다. 게으름? 무능? 잘못된 선택? 금수저 아님? 알 수 없다. '그렇게 될 일은 결국 그렇게 된다'고, 인디언들은 말했다지 않은가. 두 번째, '이렇게'에 대하여. '이렇게' 사는 것은 어떤 것인가. 나는 불행한가? 항상 불행한 것은 아니다. 그럼 항상 행복한가? 물론 아니다. 항상 불행하거나 항상 행복한 상태가 가능한가? 아닐 듯하다. 그럼 '이렇게'란 무엇인가? '이렇게'가 무엇인지 콕 집어 설명하긴 어렵지만 '이것'이 내가 예상했던 삶이 아니라는 건 분명하다. 내가 예상했던 세상이 아니라는 것도. 삶은 예상보다 매번 더 곤란하고 세상은 예상보다 매번 더 나쁘다.

그럼 마지막, '되었지'에 관하여. 삶은 완결되었나? 그럴 리가. 세상은 완성형인가? 그렇지 않다. 삶도 세상도 끝나기 전까지는 끝나지 않는다. 그러니까, '어쩌다' '이렇게' 살고는 있지만 아직 '되었다'고 할 순 없다는, 그 간단한 진리를 알려주려고,

비가 내린다.

네가 지금껏 걸어온 자국을 지워줄 테니, 시침을 뚝 떼고 한번, 아무것도 모른다는 듯 새로 걸어가보라고. 첫걸음마를 떼는 아이처럼 출발해보라고. 심기일전을 독촉하는 비. '마음의 틀(心機)'이 '한 번 바뀐다(一轉)'는 뜻은 얼마나 정확한가. 인간은 제 마음의 틀에 매여 살고, 내 마음의 틀은 내 모든 과거가 주조한 것이다. 과거가 반듯해서 반듯한 틀을 갖고 사는 사람도 있고, 과거가 울퉁불퉁해서 울퉁불퉁한 틀을 갖고 사는 사람도 있다. 하지만 반듯한 삶이든 울퉁불퉁한 삶이든 고단하지 않은 삶은 없고, 고단한 인간은 소망한다. 아, 시발 그냥, 틀 자체를 뒤집고 싶다고. 내것이 아닌 틀에서 살아보고 싶다고.

비가 잦을수록 비를 맞는 사람은 드물다. 신발장에, 가방 속에, 사무실에, 편의점에 우산이 충분하다. '일부러' 비를 맞는 일은 상식적이지 않다. 나는 아주 오래된 소원, 죽기 전에 정말로 해보고 싶은 단 한 가지, 한여름의 소나기를 알몸으로 맞는 일을 상상한다. '상식적인' 인간이 평생 맞는 건 샤워기의 물줄기. 걸러지고, 처리되어 도달한 물이다. 하늘에서 떨어지는 물은 '상식적이라면' 피해야 할 물. 가능하면 닿지 않아야 할 물이다. 하지만 샤워기가 뿜어내는 물줄기 같은 건 어쩐지, 발자국을 씻어 귀신을 속여줄 것 같지 않다. 그러므로 우리에게 아직 애정을 거두지 않

은 하늘은, 최첨단 기술이 기상을 관측하는 세계에서도 어느 날
은 예고 없이,

비를 내린다.

○

스스로 무용하다는 느낌에 사로잡힐 때는
'큰 성공'보다 '작은 실패'가 도움이 된다.
몇 번 반복해도 그렇게 막 난리가 나지는 않는구나,
하는 작은 실패들. 그 경험이 훨씬 소중하고
장기적으로 쓸모가 크다.

5

더 이로운 연결을 꿈꾸며 쓴다

○

"그리워하는 게 뭐야?"

"볼 수가 없는데 보고 싶은 거야."

"왜 볼 수가 없는 거야?"

"그 사람이 이 세상을 이미 지나갔기 때문이야."

"그런데 왜 보고 싶은 거야?"

"그 사람이 쓴 책을 좋아하기 때문이야."

"그럼 나도 나중에 책을 쓰는 사람이 될래."

"……책을 쓰면 너무 오랫동안 지나가게 돼."

지나치게 외롭게 두어서는
안 된다

코로나 대유행 초반에는 뉴스를 너무 오랫동안 보거나 읽지 않으려 했다. 전문가고 무지렁이고 간에 아무도 정확히 알지 못하는 것들에 대해 너무 많은 양의 정보가 무분별하게 유통되고 있다고 느꼈다. 어떤 문제적인 이슈에 한없이 노출되다 보면 온 인류가 제정신이 아닌 것 같고 세계는 그로 인해 지금 당장 망해버릴 것 같은 기분이 들기 마련이다. 멘탈이 취약한 타입은 이럴 때 어느 정도 정보를 차단하는 게 자신에나 주변에나 도움이 된다. 안 그래도 모든 사회적 접촉을 최소화하고 있던 상황에서 침대에 누워 온종일 코로나 뉴스만 보고 있으면, 그나마 알량히 보존하던 면역력도 탈탈 털리고 말 것이다.

그렇게 겨우 간수하던 멘탈에 처음 위기가 왔던 건 첫 번째 사망자가 나왔을 때였다. 코로나로 사람이 죽었다는 사실 자체가 아니라 사망자가 폐쇄 병동에 입원해 있던 정신장애인이었다는 사실 때문이었다. 20년간 병원에 '갇혀' 있다가 죽어서야 병원을 나올 수 있었던 사람에 대해, 나는 생각을 멈추기 어려웠다. 해당 병동에 있던 102명 중 단 두 명만이 코로나에 걸리지 않았다. 100명이 코로나 '덕'에 그곳을 나와, 죽거나 다른 병원으로 옮겨졌다.

코로나는 인간과 인간의 접촉에서 살아남는다. 102명 중 100명이 감염됐다는 사실은 그들이 병동 내부에서 얼마나 촘촘히 연결되어 있었는지를 말해준다. 하지만 당연히, 그건 '병동 밖'의 사람들이 말하기 좋아하는 의미의 연결이 아니라 물리적인 밀집이었다. 해당 병원에는 정신병동만 있지 않았다. 그런데 인접한 다른 병동이나 시설에서는 확진자가 두 명뿐이었다.

그 이유는 단순했다. 병원 측이 발표한 것처럼, '한 달간 외출도, 면회도 없었기' 때문이었다. (⋯) 오직 '그들' 사이에서만 아주 빠른 속도로 전염병의 전파가 이루어졌다. 같은 세계 내에 살지만 외딴 섬처럼 다른 세계였던 그 집단 속에서, 전염병은 '이쪽 세상'과 '저쪽 세상'을 나누는 폐쇄된 문의 경계를 너무나도 정확히 지키며, 그 '저쪽 세상' 속 수용자들의 몸을 빠르게 잠식해갔다.

- 유기훈 노들장애인야학 교사, '폐쇄병동 코로나19 집단 감염, 감추어진 질문들', 2020년 2월 23일, 「비마이너」

연결이 아닌 밀집의 상태로 수십 년을 갇혀 살다가 전 인류가 처음 맞이하는 바이러스로 인해 비로소 세상과 '연결'된 사람들. 인간은 사회적 동물이라는, 하나의 삶은 다른 삶에 기대지 않으면 안 된다는, 그래서 우리는 소통하고 연결돼야 한다는, 그 모든 당연하고 아름답던 말들이 순식간에 시커먼 늪이 되어 온몸을 빨아들이는 듯했다. 진흙 속에서 목만 내놓은 채 허우적대며 생각하지 않을 수 없었다. 인간의 연결이라는 것이 얼마나 배타적인지에 대해. 누구를 위한 연결인지에 대해. 인간이 사회적 존재라는 것은 무슨 뜻인지에 대해.

나는 어떤 인간이든 지나치게 외로운 처지에 빠지지 않을 권리가 있고 그것이 인권의 다른 말 중 하나가 아닐까 생각하곤 한다. 누구에게나 '닿을' 사람이 필요하고, 닿고자 하는 의지와 닿을 수 있는 기회 자체가 차단된 환경이 있어서는 안 된다. 너무 오랜 시간 동안 외롭거나, 너무 외로운 상태로 생을 마감하게 해서는 안 된다. 결국엔 가족이고 친구고 다 소용없더라, 인간은 그냥 다 혼자더라, 핸드폰에 전화번호가 그렇게 많아도 술 먹고 통화 버튼 하나 누르고 싶은 사람이 없더라, 하는 그런 외로움 말고.

멘탈에 두 번째 위기가 왔던 건 최근이다. 한 유치원에서 원아 확진자가 나왔는데 나머지 170여 명의 아이들은 전원 음성이었다는 소식. 확진 판정을 받은 아이는 광화문 집회에 다녀온 조부모에게 감염됐는데, 원생 전원이 점심시간 딱 한 차례 빼고는 온종일 마스크를 벗지 않았다고 했다. "마스크를 잘 쓰고 손을 잘 씻었어요"라고 마스크를 쓴 채 인터뷰하는 일곱 살 아이의 모습과, 멀찍이 떨어진 칸막이 안에서 아무 말 없이 밥을 먹는 아이들의 모습이 차례로 지나갔다.

나의 다섯 살 조카도 마스크를 '신발'처럼 생각한다. 여름날 덥다고 맨발로 돌아다니지 않듯, 콧잔등에 땀방울이 가득해도 절대 마스크를 내리지 않는다. 집이 아닌 곳에서 마스크를 벗는 상황자체를 이제는 상상하지 않는 듯하다. 유치원에서 찍은 사진들을 보면 모든 아이들이 군데군데 떨어져 각자 놀고, 일과가 끝나면 어디에도 들르지 않고 저마다 집으로 흩어진다. 올해 입학한 아이에게는 그러므로 친구가 생길 겨를이 없다. 내가 오는 날을 손꼽아 기다리는 아이는 나를 만나자마자 끌어안고 뺨을 부비고 싶어 하지만 나는 황급히 저지한다. "안 돼. 이모가 지하철 타고 왔는데 아직 손 안 씻어서 안 돼." 떼를 부릴 법도 한데 그러지 않는다. 배시시 웃으며 멀찌감치 기다린다.

아이들이 새롭게 협의돼가는 위생관념을 받아들이고 안전을 확보하는 것은 다행스러운 일이지만, 그들이 살아갈 미래가 어떤 모습일지 상상이 되지 않아 또다시 마음이 진흙탕이 되었다. 그들은 앞으로 만날 수많은 타인에게 어떤 방식으로 '닿기'를 선택할 것인가. 손을 잡거나 포옹하거나 음식을 나누어 먹거나 다정한 말들을 귀에 속삭이는 경험을 충분히 하지 못한 세대가 살아갈 풍경은 어떠할까. 그들만의 방식으로 서로를 지나친 외로움에 빠지지 않게 할 수 있을까. 바이러스는 인간이라면 '공평'하게 공격하지만 언택트는 공평하지 않다. 연결될 자원이 있는 이들과 그렇지 않은 이들의 간극은 더 커질지도 모른다.

이모가 아무리 최대한 시간을 낸다 해도, 그것은 조카가 원하는 만큼에 미치지 못한다. 그럴 땐 영상 통화를 한다. 아이는 작은 화면 안의 나를 바라보며 조잘대다가 한번씩 손으로 화면을 만진다. "이모 얼굴 만지고 싶어." 나도 화면에 뽀뽀하는 시늉을 한다. 화기애애하다. 닿고 싶을 때 그래도 닿을 수 있다는 믿음이 있기 때문이다. 하지만 이 애틋한 순간이, 인간의 '닿음'이 정말 특별한 일이 되어버린 미래의 어떤 장면을 예고하는 것이 아니길 나는 진심으로 기도하게 된다.

도시락 20만 개의 여행

먹는 즐거움을 안 지가 얼마 안 됐다. 불과 몇 년 전까지, 밥은 그냥 때가 돼서 해치우는 습관 같은 것이었다. 당연히 요리에도 맛집에도 관심이 없었다. 온갖 먹방을 비롯한 음식 관련 콘텐츠의 인기를 이해하기 어려웠다. 한 끼 식사를 완벽하게 대체할 수 있는 알약이 있어서, 평생 그것만 먹고 살면 좋겠다는 말이 입버릇이었다.

아주 어릴 적부터 밥 먹이기 어려운 아이여서 엄마가 숟가락을 들고 쫓아다녔다. 초등학교에 입학해서는 우유 급식 시간이 지옥이었다. 좋아하지 않는 우유를 배도 고프지 않은 때에 날마다 200밀리리터씩이나 먹어야 하다니. 마시는 시늉을 하다 화장실에 가서 버리거나, 책상 서랍 속에 숨겨뒀다가 며칠 지나 팽팽

하게 부풀어 오른 우유팩들을 한꺼번에 처치하곤 했다. 하지만 규칙을 어기고 있다는 사실 자체로 스트레스를 받는 고지식한 아이였다. 코를 쥐고 억지로 다 먹은 날에는 수업시간 중에 얼굴이 우유처럼 하얗게 질려 책상에 토해버릴 때도 있었다. 근처에 앉아 있던 아이들이 코를 쥐고 도망갔다. 나도 도망갔다. 아이의 토사물을 단호하고 신속하게 닦아내는 선생님을 보며, 나는 나중에 절대로 선생님은 될 수 없겠다고 생각했다.

좀 더 자라서는 우유든 뭐든 먹긴 먹는데, 그야말로 먹긴 먹는 수준이어서 늘 말라깽이였다. 고등학교 때 학교에 식당이 생겼고 단체 급식이 시작됐다. 엄마들은 반찬 걱정에서, 우리는 도시락통에서 해방됐다. 전문가의 지휘 아래 전교생이 공평한 식단을 누릴 수 있다는 점은 획기적으로 보였다. 내가 다니던 학교는 당시 그 지역에서 하나뿐인 남녀공학이었으므로, 밥을 먹기 위해 공식적으로 다른 반과 한 공간에 섞일 수 있다는 것도 단체 급식 시스템의 덤(?)이었다. 점심시간을 알리는 종이 울리면 각 학급에서 쏟아져 나온 학생들이 세렝게티를 가르는 들소 떼처럼 복도를 질주했다. 배가 고프니 빨리 먹고 싶고, 빨리 먹으면 점심시간을 많이 남길 수 있으니까. 하지만 그다지 배가 고프지도, 많이 남은 점심시간에 딱히 하고 싶은 게 있지도 않았던 나는 질주하기 싫었고 줄을 서기도 싫었다. 그냥 아무것도 안 하고 싶었다. 돌아보면, 식욕뿐 아니라 전반적인 욕망 자체가 희미한 때였다. 음식, 휴식, 우정, 섹슈얼한 호기심, 그 어떤 것에도 자극되지 않았다.

그래서 다시 도시락을 싸 오기 시작했다. 모두가 급식실로 내려간 뒤 텅 빈 교실에서 유령처럼 도시락을 열고 밥과 반찬을 입에 넣었다. 나 하나 때문에 교실에 음식 냄새가 풍기는 게 신경 쓰여, 온 창문을 활짝 열고 바람을 맞았다. 차고 적막한 공기가 잠시나마 편안했다. 왜 급식을 먹지 않니? 누군가 한번씩 물었을 것이다. "피곤해서." 나는 대답했던가. 밥 먹는 게 뭐가 피곤해? 그는 눈을 동그랗게 뜨고 재차 물었던가. "난 밥에도 낯을 가려"라는 말을 입 밖에 내진 않았겠지만. 밥 한 끼를 위해, 뛰고 줄 서고 자리를 잡고 계단을 오르내리고 또래의 수백 명과 스치는 시간에 나는 익숙해지지 못했다.

그 시절 내가 '다바왈라Dabbawala'라는 도시락 배달부의 존재를 알았다면 식사를 조금은 더 좋아하게 됐을까. 인도 뭄바이에만 있는 다바왈라는 도시락 업체 직원이 아니다. 매일 오전 각 가정을 방문해 도시락을 받아 직장인들의 사무실까지 배달해주고, 식사 후 빈 도시락통을 수거해 다시 집으로 전달하는, 말 그대로 '배달만' 하는 이들이다. 뭄바이 다바왈라의 수는 대략 5천 명, 이들이 매일 나르는 도시락의 개수는 20만 개라고 한다. 매일 오전 수천 명이 누군가의 집 초인종을 누르고 갓 조리한 커리와 난naan 에서 올라오는 김이 꽉 찬 도시락을 건네받는다. 그렇게 각 동네 를 도는 수레마다 가득 쌓인 도시락들이 20만 개가 된다. 20만 개 의 도시락이 버스, 기차, 자전거와 손수레에 실려 시내로 이동한 다. 기차역에서 대기하던 다른 다바왈라들이 릴레이처럼 도시락 들을 이어받아 목적지별로 다시 분류해 운반한다. 점심시간에 맞 춰 각 사무실 책상에 그 사람의 도시락이 정확히 도착한다.

한 끼를 위한 도시락의 여행이 아닐 수 없다. 빈 통이 다시 집 으로 돌아가는 횟수까지 합하면 40만 번의 배송이 날마다, 하나 의 도시 안에서 거미줄처럼 엮이고 풀어지기를 반복해온 것이다. 자그마치 120년 동안. 이 거대한 짜임은 '끼니'의 의미를 다시 생 각하게 한다. 회사 근처에서 그냥 사 먹으면 안 되나? 월급 대비 물가가 비싸다고 한다. 그래도 비교적 저렴한 식사가 있지 않을 까? 종교적인 이유로 특정 재료를 가리는 사람의 비율이 높다고 한다. 그럼 출근할 때 직접 도시락을 갖고 가면 안 되나? 뭄바이 에 직장을 둔 이들은 대개 출퇴근 시간이 길고, 교통수단이 너무 혼잡하다고 한다.

'아니, 그래도, 꼭 그렇게까지 먹어야 한단 말인가!' 알약 하나 삼켜 한 끼를 때우면 좋겠다던 과거의 나라면 이렇게 말했을 것이다. 하지만 어느 권태로운 점심에 찬밥을 전자레인지에 돌리다가, 뭄바이를 가로지르는 20만 개의 도시락통을 생각하면, 나는 김치 하나 꺼내 싱크대에 서서 한 끼 때우려던 마음을 고쳐먹게 된다. 팬에 올리브 오일을 두르고 계란 프라이라도 해야지, 노른자는 반만 익히고, 다 되면 통깨도 조금 뿌려야지. 신선한 달걀의 고소한 맛을 나는 이제 제법 느낄 줄 안다. 잘 지은 밥과 못 지은 밥도 구별할 수 있다. 알알이 고슬고슬한 밥이면 특별한 반찬 없이도 소중한 식사를 한 것 같은 기분도 든다. 상한 것도 잘 구분 못했던 과거에 비하면 비약적인 성장이다. 따라서 지금의 나는, 한 도시의 점심시간을 위해 수천 명이 동원되는 장면에 자극된다. 먹기 위한 에너지가 그토록 '기이하게' 응축되는 모습을 상상하면, 서울의 한 작은 집에서 홀로 점심을 챙기는 입장에서도, 되도록이면 성실하게 먹어야겠다는 다짐을 하게 된다.

끼니는 그저 반복되는 것이지만 반복되기에 강한 것이었다. 따뜻한 한 끼는 많은 순간에 어떤 사람을 일으키거나 버티게 할 수 있다는 걸, 나는 좀 늦게 알았다. 인생에서 중요한 건 '고작' 먹는 일 따위가 아니라 무언가 더 추상적이고 원대한 감응일 거라고 오랫동안 믿었던 것 같다. 하지만 마음이 비 맞은 새처럼 처량한 날에 나를 다독여준 것은, 무슨 원대한 감응의 순간보다는, 멸

치 육수가 진하게 우러난 잔치국수 한 그릇이었다. 아니면 겉은 바삭하고 속은 촉촉한 돈가스, 그것도 아니면 맑은 된장국을 곁들인 오므라이스 한 접시.

누군가에게 그렇게 반복되는 한 끼 같은 글을 쓰고 싶다고 생각하다가, 다시 다바왈라를 떠올린다. 대부분 문맹인 다바왈라는 도시락에 표시된 기호의 조합으로 배송지를 식별하는데 배달 착오는 1,600만 분의 1, 전무하다고 해도 될 정도라고 한다. 기술적 인프라 하나 없이, 오직 인력으로만, 닿아야 할 곳에 완벽히 도착하는 수십만 개의 밥이라니. 경이롭다. 내가 보낸 글들은 어디를 헤매고 있으려나. 언제쯤 당신에게 이윽고 한 끼가 되려나.

행간의 자유

내가 비록 관상은 토익 900이지만 영어를 놓은 지가 꽤 됐다. 아 영어 좀 제대로 해야겠네 하는 필요성을 느끼는 순간마다, 아 또 그렇게 '잘'할 것까지는 없는 상황이 반복되다 보니 이렇게 됐다. 필요한 만큼 적당히 하는 수준에서 벗어나지 못하는. 스물 몇 살 무렵에는 정말이지, 내가 마흔을 눈앞에 두고도 영어를 이 따위로 할 줄은 꿈에도 몰랐다. 나는 영어를 좋아했고 공부하는 것에 비해 잘했고 결정적으로 야망대로(?)라면 지금쯤 영어권 나라에서 살고 있어야 했기 때문. 하지만 알다시피 인생은 제멋대로고 나는 한국어 실력만 향상되는 삶을 살게 됐다. 한국어는 꾸준히 늘었다. 장담한다.

지금 편집하고 있는 책에 도판이 많이 들어가는데 생존 작가들의 그림이 포함돼 있어 지난 몇 주간, 오랜만에 외쿡인들과 소통해야 했다. 네가 그린 그림을 책에 실어도 될지 묻고 허가를 받는 게 목표. 물론 이메일로. 영미권 관련 업무를 대신해주는 에이전시의 도움을 받지 못하는 상황이었고, 뭐 전화도 아니고 이메일인데 직접 하면 되지, 하는 마음이었는데 역시나 인간의 언어란 새삼 어찌나 이리 신비롭고 까다로운지. 그렇다, 새삼. 뭘 그리 새삼.

영어로 서신을 주고받다 보니, 내가 평소 비즈니스 이메일을 쓸 때 '필요한 말만 간단히'라는 신조에도 불구하고 얼마나 많은 정서의 결을 단어 하나, 쉼표 하나, 행갈이 하나에 담아왔는지 알게 됐다. 동시에, 상대의 이메일에서 활자 사이(흔히 행간이라 하는)로 전해지는 '공기'를 파악하는 데 얼마나 익숙한지도. 평소 "보기보다 눈치가 빠르진 않네?"와 같은 소리를 듣는 편인데도 말이다.

이번에 메일을 보낸 작가 중에 한 명은 그림 사용 조건과 비용과 지불 방식에 대한 얘기를 한참 하다가 갑자기 소식이 끊겼다. 이럴 때 '요청하는 입장'에서는 당연히 어, 내가 뭘 실수했나, 혹시 정중하지 않은 영어 표현을 쓴 걸까, 단어 하나에 오해가 생긴 것은 아닐까 전전긍긍하게 된다. 그런데 보낸 메일함을 보고 또

보고 다시 봐도 아니 내가 예의가 있었는지 없었는지 나 자신이 알 수가 있어야 말이지. 나는 그저 구글 번역기에서 튀어나온 인간처럼 "친애하는 토머스, 저는 귀하의 허가가 필요하다, 인보이스를 고대하겠습니다. 모두 제일 좋다, 이윤주"라고 말한 죄밖에 없는데.

얼마 후, 나를 애태웠던 그는 가족의 장례식 중이라 회신이 늦었다며 미안하다는 메일을 보내 왔다. 옴마야 장례식이라니. 가족 중 누가 죽었는지, 어쩌다 죽었는지, 사고사인지 병사인지, 요절인지 호상인지 알 길 없는 상태에서 인보이스 독촉 메일을 써야 하는 마포의 편집자는 당황했다. "아, 그러셨군요. 경황없는 와중에 회신을 주셔서 정말 감사드리며 심심한 위로의 말씀을 전합니다"라는 문장의 안타까움과 정중함과 그러나 나는 내 업무를 서둘러 진행할 수밖에 없다는 간절함을 보내고 싶었으나 '아, 그러셨군요'에서 막혔다. 그랬구나, 그런 피치 못할 사정이 너에게는 있었구나, 나는 이제 그걸 알았구나······. '~구나(*화자가 새롭게 알게 된 사실에 주목함을 나타내는 종결 어미)'가 포함하는 뉘앙스를 무얼로 대체해야 할지 몰랐다. '경황없는 와중', '심심한 위로'와 같은 표현을 통해 드러내고 싶은 단정하면서도 뭉근한 어휘를 고를 수가 없었다. 나는 "I'm sorry for your loss" 이상의 무엇을 말하고 싶다고 강하게 느꼈지만 (당연히) 그럴 수 없었다.

그럴 수 없었어도, 일에 지장은 없었다. 나는 모두에게 무사히 사용 허가를 받았다. 그들은 하나같이 자신의 그림을 실어주어 고맙다고 했으며, 무리한 비용을 요구하지도 않았다. 가족의 상을 치른 분을 빼고는 응답도 빨랐다. 서신 교환의 중반에 이르러서는 맘이 마구 편해졌다. 묘한 해방감마저 느꼈다. 몇 번의 이메일로 그들은 내가 영어를 능숙하게 하지는 못하는 사람이라는 것을 알게 됐을 것이므로, '뉘앙스의 문제' 정도는 양해해줄 거라는 믿음이 생겼기 때문이었다. 반대의 상황에서라면 나 또한 그랬을 것이기 때문이었다. 영어권 아닌 지구 반대편에서 더듬더듬 사전을 찾아가며, 너의 그림을 열망한다고, 돈을 주겠다고, 제발 계좌를 알려달라고 사정하는 인간에게 너그럽지 않을 이유는 없다.

행간을 내려놓고 나니 진짜 세상 편했다. 그야말로 로봇처럼 말하고 로봇처럼 읽는 것. 상대에게 '다른 뜻'이 있다고 의심하지 않고 나 또한 의심받지 않는 것. '말투'에 고심하지 않고 '말'만 하면 되는 평화가 이런 것인 줄 몰랐다. 막 말문이 트여 어떤 옹알이를 내뱉어도 우레와 같은 환호를 받는 돌배기가 된 것 같은 기분이었다. 이렇게라면 나는 토머스와, 엠마와, 올리버와 영원히 이메일을 주고받을 수 있을 것 같았다.

하지만 계속 주고받다 보면, 영어 이메일 작성 능력은 늘(어야만 할) 것이고, 그러면 나는 지속적으로 양해받지는 못할 것이다.

아니 저 코리안은 지금 나랑 이메일을 몇 년째 쓰는데 아직도 저래?라고 5년 후의 토머스와 엠마와 올리버는 말하게 될 수밖에 없다. 어느 시점에 이르러 나는 다시 행간을 해석해야 하고, 미묘한 의도를 전해야 하고, 거절되어도 플랜비가 있는 상황과 거절되면 절대 안 되는 상황 사이에서 '읍소의 강도'를 조율할 줄 알아야 할 것이다. 가족의 장례식에 다녀왔다는 토머스에게 좀 더 섬세하게 안부를 물을 줄 알아야 할 것이다. 그때쯤이면 나는 로봇처럼 말하고 로봇처럼 해석했던 과거의 나를 그리워하게 될지도 모른다. 아, 역시 아기일 때가 편했다면서.

흔히 책을 읽는 것도 소통이라고 말하곤 하는데 책 좋아하는 사람들이 '현실 소통'에 쉽게 피로를 느끼는 사람들이라는 점은 그래서 재밌다. 행간을 잘못 읽어도 책은 잠적하거나 꾸짖지 않으니까. 내 멋대로 해석하고 오해해도 내게 피해가 돌아오진 않으니까. 내가 무엇을 잘못했는지 전전긍긍하지 않아도 되니까. 듣고 싶을 때 양껏 듣고, 듣기 싫을 때는 치워버려도 되니까. 책이 건네는 말들에 대하여 내가 어떤 개소리로 응대해도 내 밥줄이 끊기지는 않으니까.

사나운 현실 소통의 바다에 "어린 날개가 물결에 절어서 공주公主

처럼 지쳐서 돌아"*오면, 책은 어미처럼 우리를 끌어안는다. 그런데 바로 이것이, '책하고만' 소통하는 사람들을 현실에서 만나면 몹시 피로해지는 이유다. 다섯 수레의 책을 읽은 이와 아주 간단한 의사소통이 안 될 수 있는 이유다. 그는 어떤 면에서, 아기인 것이다.

---

* 김기림, 「바다와 나비」

두 사랑

내 친구 이치는 아홉 살 연하 애인이 있다. 올해는 그 커플의 나이 '앞자리'가 같은, 10년에 한 번 오는 해다. 이치가 그것에 의미를 두는지는 모르겠지만 나는 좀 신기하고 기쁘다. '올해는 두 사람이 함께 30대야!' 꼭 10년 뒤 그들이 함께 40대인 어느 날에는 그것을 40개의 초와 함께 축하해주고 싶다는 야심도 있다. 이치는 넓고 깊은 사람이고, 그런 이치가 사랑하는 사람도 넓고 깊을 테니, 그런 2030년을 내심 기대해보는 것도 너무 외람되지는 않을 것이다.

쓰고 나서 조금 움찔했다. '2030'이라니. 이런 희한한 숫자의 연도가 과연 우리에게 도래할 것인가. 2020도 아직 믿기지 않는데. 내가 꼬마였을 때 나의 볼을 꼬집으며 놀아주던 친척 언니가 문득 자신과 나의 나이 차를 헤아리다가 입을 크게 벌리며 말했었다. "세상에. 1983년에 태어난 사람이 있단 말이야?" 어른들과 웬만한 의사소통이 다 되던 때였는데 그 말만큼은 무슨 뜻인지 모르겠어서 한참 고민했던 기억이 난다. 머지않아(?) 물론 알게 됐다. 사람이 어느 정도 나이를 먹으면 제 나이도 나이지만, 연도를 이해하는 감각이 종종 어리둥절해진다는 것을.

넓고 깊은 이치에게 '나이 에피소드'를 듣는 것은 즐겁다. 얼마 전에는 애인이 전화를 걸어 "뭐 해?"라고 묻길래 이치가 대답했다고 한다.

"인터넷."

이치 애인은 즉시 빵 터졌다.

"혹시 이치 어머님이세요?"

이치는 '인터넷을 한다'는 게 왜 이상한지 몰랐다(듣는 나도 물론 몰랐다). 이치 애인은 이어서 말했다.

"넷플릭스를 본다거나 인스타를 한다거나 그런 게 아니라, 그냥 '인터넷'을 한다고?"

그 지점에서 무슨 말인지 '약간' 감이 왔다. '우리 세대'에게는 인터넷과 인터넷이 아닌 것이 분리되던 시절이 있었다. 컴퓨터를 켜고, 익스플로러를 열어, 인터넷을 '하던' 시절. 포털 사이트에 들어가 메일함을 먼저 확인하고, 뉴스 좀 보다가, 가입한 카페에 들어가 글을 읽은 뒤 미니홈피를 꾸미는. 그런 게 '인터넷을 하는' 것이었다. 컴퓨터(데스크톱)를 끄면 이 모든 인터넷에서 풀려났다. 하지만 이치 애인이 살아온 세계는 인터넷과 인터넷이 아닌 것의 분리가 어렵다. '컴퓨터=인터넷'이 아닌 것이다. '지금 인터넷을 하고 있다'는 말은, 뭐랄까, '나는 지금 두꺼비집을 통해 전기를 사용하고 있다'는 말처럼 들렸던 것 같다. 그제야 이치와 나는 함께 폭소할 수 있었다. 아, 우리 약간 늙었구나. 이치 애인은 '인터넷 하는' 이치를 한 뼘 더 사랑하게 됐을 게 분명하다. 사랑은 상대의 '웃긴' 모습에 강화되는 법이니까.

내 남편은 나와 함께 대학을 다닌 세대라 우리에겐 이치네 같은 에피소드가 거의 생기지 않는다. 그 대신 어릴 적 이야기를 하다 보면 '엇, 너도?' '맞아, 나도!' 하는 지점에서 즐거움이 생긴다. 내가 가장 좋아하는 건 '크리스마스 장화' 이야기다. 그때는 여러 종류의 과자가 한 상자에 담긴 선물 세트가 인생 제일의 기쁨이었다. 커다란 종이 상자에 온갖 봉지 과자부터 초콜릿, 사탕, 젤리, 껌 종류까지 크기별로 다양하게 들어 있어 골라 먹고 아껴 먹는 재미가 있었다.

"그런데 크리스마스가 다가오면 그 선물 세트가 빨간 플라스

틱으로 만든 장화에 담겨서 나왔던 거 기억나?"

"알지, 알지."

"산타클로스 장화. 진짜 신발 모양이었잖아. 약간 돼지저금통 재질로 만든 것 같은."

"어, 어. 그래서 내가 그 안에 있던 과자들을 다 꺼내놓고 한쪽 발을 넣어봤어."

"크크크."

"약간 작긴 했는데 발가락을 조금 구부리니까 신을 만한 거야."

"크크크크……."

한쪽 발에 플라스틱 장화를 신고 절뚝절뚝 집 안을 돌아다니던 과거의 남편에게 '장화 과자 세트'가 하나 더 생긴 날을 그는 생생히 기억한다. 비로소 양쪽에 짝을 맞춘 그는 장화를 신고 밥을 먹고, 장화를 신고 TV를 보고, 장화를 신고 숙제를 했다. 장화를 신었으므로 거실에서 방으로, 방에서 거실로 불필요한 걸음을 더 걸었다. 어기적어기적 팔을 휘저으며. 미소를 참지 못하며.

그러니까 그게 80년대 후반 이야기. 이치의 애인이 태어나기 전의 이야기다. 그리고 내가 남편과 다투고 세상이 잿빛이 될 때마다 '우리'가 여전히 한 배를 탄 사람들인지 확인하기 위해 홀로 꺼내보는 이야기다. 구부러지지도 구겨지지도 않는 빨간 장화를 신고 로봇처럼 움직이는 어린 소년을 떠올릴 때 마음 한구석이 탁, 초를 켠 듯 환해지면, 그래서 내가 웃어버리면, 나는 여전히 그를 사랑한다고 믿게 된다. 빨간 장화 이야기를 듣기 전으로 나는 돌아갈 수 없다고 믿게 된다.

'인터넷 한다'는 말로 웃어버리는 사랑과 '빨간 장화'의 기억으로 웃어버리는 사랑. 내가 사는 세계에, 웃어버림으로써 진행되는 두 종류의 사랑이 있다. 둘에게 다가올 '인터넷' 속편과 '장화' 속편들을 상상하면 나는 그게 무엇일지도 모른 채 그저 또 웃어버리게 된다. 웃어버리는 순간들이 돌다리처럼 연결된다면, 2030년이라는 어리둥절한 미래 또한 우리들이 나란히 감당할 수 있을 거라고도 믿게 된다.

○

이를테면
책동네 사람들의 풍요란

풍요 속에 살면 풍요는 사라진다. 실감하지 못하기 때문에. 책을 쓰고 만드는 동네에서는 '어휘'가 그렇다. 출판 관계자들이 일상에서 사용하는 어휘는 분량 면에서나 품질 면에서나 대체로 평균을 상회하는데, 그 속에 있다 보면 잘 못 느끼니까 세상 사람들이 말들을 다 이렇게 하고 사는 줄 알지만 전혀 그렇지 않다. 잘나고 못남의 문제도 물론 아니다. 온종일 더 정확하거나 더 매력적인 단어를 찾고 분별하는 대가로 돈 받는 사람들의 어휘가 그런 일을 하지 않는 사람들과 비슷하다면 그 또한 기괴한 일. 박봉은 박봉이고 격무는 격무이며 풍요는 풍요이므로, 나는 힘껏 때려치우고 싶을 때마다 이 동네가 아니었다면 듣지 못했을, 특별하고 소중한 어휘와 표현들을 곰곰 새겨본다.

"윤주 씨도 그렇게 관계지향적이진 않죠……?"

몇 년 전 한 선배와 점심을 먹다 들었던 이 말이 그중 하나. 직장이란 데에 다니기 시작한 이래, 이와 비슷한 수많은 말을 귀에 딱지 앉게 들어왔다. 윤주 씨는 내성적인 것 같네요, 윤주 씨는 사교적인 편은 아닌 것 같아요, 윤주 씨는 되게 조용하네요…… 등등. 내성적인 것도, 사교적이지 않은 것도, 조용한 것도 부정할 생각이 없지만 '관계를 지향하지 않는다'는 말은 그 무엇보다 명료하게 귀에 꽂혔다.

그 말 속에서는 관계를 지향하지 않는 주체가 '나'였다. 내성적이고 비사교적이고 조용한 것은 한 사람에게 굳어진 성질 이상을 말하지 않지만 관계를 지향하지 않는 데는 의지가 들어 있다. 어떤 필요를 느끼지 않는다면, 굳이, 다수의 관계를 설정하지 않는다는 것은 내성적이거나 비사교적이어서 행동에 제약을 받는다는 것도 아니고 마냥 조용하다는 것도 아니었다. 선배의 말을 듣기 전에는 나도 그렇게까지 선명하게 생각해보지 못했다. 내가 관계지향적이지 않다는 걸 알아봐주고 '발화'해준 선배와의 관계를 그 후로 몹시 '지향'하게 되었음은 물론이다.

두 번째 기억. 이 또한 몇 년 전 동료들과의 점심과 티타임 중. 부부의 가사노동 분담에 관한 수다가 오갔다. 이런 이야기에 내가 주로 보태는 말은 '요리는 나보다 남편이 잘한다'는 것 정도. 가사노동에 관한 한 우리 부부에게 일반적(?)이지 않은 히스토리와 패턴이 있어서 길게 말하려 하지는 않는 편인데, 그날 누가 추가 질문을 했다. "그럼 청소를 윤주 씨가 해요?" "음, 청소도 주로 남편이……" "아, 그럼 빨래를 해요?" "아, 빨래도 남편이 많이……" 대화가 여기까지 흐르자 약간 '오……' 이런 분위기가 조성되어서 좀 곤란하던 즈음, 추가 질문한 이가 또 추가로 물었다. "그럼 윤주 씨는 뭐 해요? 그냥 존재해요?"

나도, 말한 이도, 듣던 이들도 와르르 웃었다. 빨래와 청소 사이에 보릿자루처럼 낀, '존재하다'의 깜찍한 존재. 무한 응용도 가능했다. "야, 걔는 조모임에서 뭐 했는데?" "존재했어." "자기야, 우리 이번 주말에 뭐 할까?" "존재하자." "요즘 살기 싫다 진짜." "그래도 존재해야지."

풍요 하면 또 빼놓을 수 없는 것. 출판사 회의나 미팅에서는 '이를테면', '가령', '예컨대' 같은 부사가 난립한다. '이를테면'의 밀림 속에 살다가 가끔 빠져나오면 외지 사람들이 '이를테면(가령/예컨대)'을 쓰지 않는다는 것을 알게 되고, 나는 적절히 단어를 대체한다. "무슨 영화 볼까?" "음, 시끄러운 거 말고, 무거운 거 말고." "코미디?" "아니아니, 이를테…… 아니, 예를 들어 「카모메 식당」 식당 같은 거……." '예를 들어'라고 해도 물론 아무 지장 없다. 글자 수도 같다. 하지만 '예를 들어'는 두 단어이고 '이를테면(가령/예컨대)'은 한 단어라는 사실이 글밥 먹는 이들을 시험에 들게 한다. 띄어쓰기 없는 하나의 단어가 주는 단정함이 있는데, 그것은 '이를테면' 보풀 없는 니트 같은 것이다. 세상에는 보풀을 꼭 떼야 심신에 안정이 찾아오는 사람들이 있고, 그들은 세상에 별다른 해악을 주지도 않으며, 오히려 니트의 미감에 복무한다.

그리고 얼마 전, 회사에서 아주 오래전에 책을 내셨던 작가님과 행정적인 일로 짧은 통화를 할 일이 있었다. 뵌 적 없는 분과의 첫 통화. 그야말로 드라이한 대화 끝에 그분이 말씀하셨다. "그냥 이메일로 해도 되겠지만, 그건 또 너무 박절한 것 같아서 전화드렸어요." '박절하다'라는 단어를 너무 오랜만에 들어서 순간 멈칫했다. "아, 네…… 전화주셔서 고맙습니다" 정도로 통화를 마칠 수밖에 없었지만, 나는 내가 이런 종류의 '멈칫'을 좋아한다는 걸 안다. 흐릿하고 납작한 일상에 침입하는 낯선 단어들. 어휘에 대한 감각은 사람마다 너무 달라서 어떤 이에게는 이런 일들이 '쓸데없이 어려운 말', '먹물스러움', '오글거림'으로 느껴진다는 것도 안다. 하지만 물질은 압축될수록 좋고 정신은 확장될수록 좋다고 생각하는 입장에서, '박절하다'가 있는 일상이 내겐 확실히 덜 박절하다.

나도 부캐가 있었으면
좋겠다

○

나도 '부캐'●가 있었으면 좋겠다.

   그의 이름은 이조금이다. 세상에 '조금'만 해를 끼치고 갔으면 좋겠다는 마음에서, 그가 스무 살이 되던 해에 스스로 바꾼 이름이다. 이조금은 차로 30분이면 바다에 닿을 수 있는 지역의 한 작은 식당에서 덮밥을 판다. 상호는 물론 '조금 식당.' 테이블 수도 조금, 메뉴도 조금이다. 4인 테이블 두 개와 2인 테이블 두 개가 있고, 메뉴는 가지 덮밥과 치킨 덮밥뿐이다. 바다 근처인데도 해물 덮밥이 없는 이유는 바다 근처라고 해서 반드시 해물 요리가

● 온라인 게임에서 유래된 말로 자신이 주력으로 이용하는 원래 캐릭터가 아닌 또 다른 캐릭터, 부캐릭터의 줄임말. 유재석의 부캐 유산슬, 김신영의 부캐 김다비 등이 있다.

있어야 한다고 생각하지 않아서다. 단 두 가지 메뉴로도 이조금과 식솔이 굶지 않을 정도의 수입이 창출되고 있다. 신선한 가지와 닭을 쓰고 실내외가 청결하며 가격이 합리적이기 때문이다.

손님은 주로 근처 문학관에 들렀다가 나오는 사람들이다. 30년 전 사망한 그 지역 출신 소설가를 기념하기 위해 지어진 곳이다. 이조금의 식당처럼 문학관도 작은 규모지만 주변이 조용하고 정원수가 싱그러워, 번잡한 곳을 피하려는 여행객들이 잠시 들렀다 가기 좋다. 이조금은 그 소설가의 책을 읽어본 적이 없으나 사람들이 수순히 드나드는 것을 보면 생전에 책이 꽤 팔렸던 사람이 아닐까 추측하고 있다. 덕분에 자신이 지나치게 고통스럽지 않은 노동으로 먹고살 수 있게 된 데 감사하는 마음도 있다.

사실 이조금은 그 소설가의 책뿐 아니라 다른 책도 거의 읽지 않았다. 이조금이 사는 방 두 칸짜리 집에는 이조금 몫의 책이 서른 권쯤 있다. 이따금 선물로 받아두고 열어보지 않은 시집과 수필집이 열 권쯤, 식당을 개업할 때 참고하려고 샀던 창업과 조리 관련 책이 열 권쯤, 산 건지 빌린 건지 누가 두고 간 건지 기억나지 않는 『일주일 실무 엑셀』, 『아름다운 실내 가드닝』, 『근골격 해부학』, 『부자 되는 가계부』, 『성경대로 기도하라』 등 맥락과 출처가 불분명한 책들이 그 나머지를 차지한다. 책들은 그냥 오래전부터 있었다는 이유로 거기 있지만 이조금은 먼지가 쌓이지 않도록 선반을 자주 청소한다. 읽지 않지만 더럽히지도 않는다. 애틋하지도 무심하지도 않다.

애틋하지도 무심하지도 않은 건 책뿐이 아니다. 부모와 형제, 친구, 식당의 손님들, 건물의 임대인, 다세대 빌라의 관리인, 주거래 은행의 직원들, 헤어진 연인, 또는 앞으로 만날 연인, 주차장을 함께 쓰는 이웃들, 심지어 아홉 살 난 딸아이까지. 이조금은 자신을 둘러싼 모든 사람들을 적절한 거리와 책임으로 대한다. 계획에 없던 아이가 생겼을 때, 그리고 2년 전 아이의 아빠와 헤어졌을 때도 그랬다. 이조금은 사실을 사실대로만 받아들이고 그 이상을 판단하지 않는다. 이를테면 '내게 아이가 생겼다'는 사실로부터 '아이가 나를 행복/불행하게 할 것이다'는 판단을 도출하지 않는다. '우리가 헤어졌다'는 사실에서 '우리가 헤어진 것은 옳았다/틀렸다'는 판단으로 옮겨가지 않는다. 그것은 이조금의 가장 큰 재능이고 그 재능은 결과적으로 이조금 본인을 비롯해 누구에게도 손해가 되지 않는다.

그러므로 이조금을 전적으로 만족시키거나 전적으로 실망시키는 대상은 존재하지 않는다. 이조금과 직접적으로 얽힌 관계에서 나아가 지역의 자치단체장, 더 넓게는 대통령, 미국의 정치가, 초일류기업의 수장들, 슈퍼스타들, 항공우주국의 연구원들, 환경

운동가들, 교황, 온갖 테러단체와 정보국, 지구 종말을 점치는 예언가, 범죄자들, 사상가들, 파워 트위터리안들도 마찬가지다. 사람이든 뉴스든 이조금이 일부러 피하는 것은 없지만, 이조금을 어떤 강렬한 상태에 오래 머물게 하는 것도 없다.

그러니까 이조금은 '지나가는 사람'이다. 평균 수명을 산다면 지금으로부터 대충 2050년대까지, 지구 한구석의 한구석의 한구석의 한구석의 한구석을 조그맣게 지나가는 사람이다. 이조금은 지나가는 사람으로서의 본분에 충실하다. 잠시 지나갈 곳이라면 너무 많은 짐을 부리지 않게 된다. 잠시 지나갈 곳이라면 너무 많은 시선을 주고받지 않게 된다. 잠시 지나갈 곳이라면 그곳에서 발생하는 모든 기쁨과 슬픔이 영원하지 않다는 것을 알게 된다.

하지만 동시에, '지나가는 망나니'가 될 수 없다는 의식이 이조금에겐 중요하다. 지나가는 망나니는 갑작스럽고 불쾌한 주제에 복수조차 불가능하니까. 지나가는 다른 사람들에게 그런 존재가 되지 않기 위해 이조금은 매일 아침 식당 문을 열고, 틈틈이 딸아이를 챙기고, 꼬박꼬박 은행 대출금을 갚고, 정기적으로 병원에 가서 이와 위 등을 검진받는다. 지나가되, 망나니로서 지나가지 않으려면 성실함이 필요하다는 것을 이조금은 알고 있다.

이조금의 딸도 성실하다. 아홉 살 인생의 아기자기한 과제들을 매일 성실히 수행한다. 딸이 여러모로 이조금을 닮았다는 건 주변 사람들이 대체로 수긍하는 부분이다. 딸은 식당을 찾는 손님 대부분이 문학관에 들렀다 온다는 것을 알고 있다. 자신도 문학관에 몇 번 가본 적이 있다. 그는 그곳에 대해 종종 묻는다.

"엄마, 저기엔 재밌는 것도 없는데 왜 사람들이 자꾸 가는 거야?"

"어떤 사람을 그리워하기 때문이야."

"그리워하는 게 뭐야?"

"볼 수가 없는데 보고 싶은 거야."

"왜 볼 수가 없는 거야?"

"그 사람이 이 세상을 이미 지나갔기 때문이야."

"그런데 왜 보고 싶은 거야?"

"그 사람이 쓴 책을 좋아하기 때문이야."

딸은 생각에 잠긴다.

"그럼 나도 나중에 책을 쓰는 사람이 될래."

이조금도 생각에 잠긴다.

"책을 쓰면 너무 오랫동안 지나가게 돼."

"그게 무슨 말이야?"

지나가는 사람은 가능한 한 흔적을 남기지 않는 게 좋다는 말을, 이조금은 딸에게 설명할 수 없다. 아이는 아직 어리다. 이조금은 부스스한 딸의 머리카락을 말없이 쓸어내려준다. 아이가 지나갈 방식에 대해 조금 판단할 뻔했지만 곧바로 멈춘다. 아이가 지나갈 길에 대해서는 아이가 알아서 할 것이다. 이조금은 아이의 머리카락을 양갈래로 묶어준다.

○

어떤 인간이든 지나치게 외로운 처지에 빠지지 않을
권리가 있고 그것이 인권의 다른 말 중 하나가 아닐까
생각하곤 한다. 누구에게나 '닿을' 사람이 필요하고,
닿고자 하는 의지와 닿을 수 있는 기회 자체가 차단된
환경이 있어서는 안 된다고.

6

고독의 즐거움을 알기 위해 쓴다

_____

_____
_____
_____
_____
_____
_____
_____
_____
_____
_____
_____

○

오늘도 나에겐 밤이 있지, 심지어 밤은 매일 있어,
라고 생각할 때의 은밀한 희열이 있다.
밤에 읽는 책은 낮에 읽는 책보다 명료하다.
밤에 듣는 음악은 낮에 듣는 음악보다 우아하다.
밤에 하는 생각은 낮에 하는 생각보다 반자본적이다.

2인 가구의 어느 날

남편이 주말에 여행을 가서 모처럼 이틀을 통째로 혼자 보냈다. 성심을 다해 널브러져 진격의 싱글 놀이를 할 줄 알았는데 생각보다 마냥 좋지(?)는 않았다. 고작 이틀이지만 '나 말곤 그 누구와도 관계없는' 시간이 갑자기 쏟아지니 조금 막막한 기분마저 들었다. 막막하다는 느낌에 놀랐다. 누구보다 혼자 있기를 좋아하는데 갑자기 무슨? 정녕 나이 든 건가, 두려운 건가, 이제 1인의 삶에서 너무 멀어져버린 건가.

2인 가구로 산 지 10년이 되었다. 그 전엔 양친 체제하의 5인 가구였다가 할머니가 돌아가시고 4인 가구로 몇 년을 살았다. 내가 1인 가구로 지낸 시절은 4인 가구였다가 2인 가구로 넘어가기 전 잠시, 1년이 채 못 되는 기간이다. 6평쯤 되는 원룸. 낡진 않았지만 예쁘지도 않은 침대와 책상, 가슴 높이의 냉장고, 현관과 연결된 싱크대가 옵션으로 있었다. 그만하면 쾌적하다고 생각했다.(같이 방을 보러 다녔던 남편, 당시 남친은 집주인 할머니가 어쩐지 골치 아프게 할 것 같다는 예감을 전했으나 나는 개의치 않았는데, 여러모로 탐욕스러웠던 그 노인네는 실제로 내가 방을 뺄 때 보증금 일부를 떼어먹으려 했다.)

그 집에서 나는 잘 잤고 잘 쉬었고 청소를 잘했다. 핸디 청소기와 물티슈로 5분이면 반짝반짝해지는 소꿉놀이 같은 살림. 그때도 요리는 거의 하지 않았다. 퇴근하면 주로 근처 분식집에서 저녁을 먹고, 깨끗한 집으로 돌아와 깨끗이 씻고 반듯이 누웠다. 내가 움직이지 않으면 더럽혀지지 않고, 동시에 내가 움직이지 않으면 깨끗해지지도 않는, 어떤 작은 공간을 완전히 장악하고 있다는 느낌이 좋았다. 침대에 누워 천장을 보고 있다가 '아아-' 하고 소리를 내보기도 했다. 나만 말하는 집, 나만 듣는 집. 지금껏 겪어보지 못한 집.

어느 흐린 저녁, 평소처럼 누워서 천장을 보고 있는데 창틀로 떨어지는 연한 빗소리가 들렸다. 읽다 덮다 읽다 덮다 하던 책을 다시 들어 글자를 따라가보니 빗소리가 문장 위로 통통통 고르게 튀었다. '청춘'에 관한 산문집이었다. 이제는 지긋한 중년 아저씨가 되었을 작가 또한 아직 청춘이던 시절에 쓴. 그때 이 집의

'마지막 옵션'은 나,라는 생각이 들었다. 모든 게 완벽히 완벽했다. 이렇게 작고 청결한 방과 이렇게 젊고 가벼운 나. 혈연과 지연을 비롯해 온갖 욕망과 투쟁과 두려움이 빚어낸 관계의 실타래가 저 멀리, 우주 공간 어디로 멀어지고 오직 방과 나만 밀착하여 자궁처럼 따뜻한 고립을 이룬 것 같았다. 너무 슬퍼서 운 적은 셀 수 없었지만 너무 좋아서 눈물이 난 적은 그때가 처음이었다.

그때의 이윤주가 10년 후 '남편 없는 집'에서 막막함을 느끼는 이윤주를 본다면 거침없이 호통을 칠 것이다. 어, 겨우 그렇게 시시한 사람이 된 거야? 세상에서 제일 시시한 인간이 혼자 못 노는 인간이라고, 누구보다 목청 높였던 건 너잖아? 그동안 무슨 일이 생겼던 거야? 결혼은 혼자서는 못 살겠다 싶을 때 하는 게 아니라 혼자라도 나쁘지 않다 싶을 때 하는 거라며? 혼자라도 멀쩡해야 둘이 되어도 멀쩡할 수 있는 거라며? 아니 너 무엇보다 뭐랬냐, 최후의 애인은 결국 서재라며…… 꼴값…… 뚫린 입이라고 말은 잘하더니…….

나이 든 이윤주는 고백할 수밖에 없을 것 같다. 나는 조금 변한 것 같다고. 10년간 2인 가구로 살아오면서 어쩐지 '중간에 낀' 사람처럼 느껴질 때가 많았다고. 결혼한 이들은 대체로 자식을 만들어 전혀 다른 차원의 우주로 입장했고, 싱글들이 사는 세계 또한 싱글만의 리듬으로 연대하는 또 다른 견고함이 있었다. 2인 가구에 익숙해지는 것은 일종의 '몰빵'과 유사했다. 하나뿐인 동거인. 하나뿐인 관계. 하나뿐인 역할. 이건 사랑에 대한 이야기가 아니라 삶에 대한 이야기다. 삶과 사랑은 포개질 수도, 조금도 스치지 않을 수도 있다. 그와 별개로, 익숙함은 때론 모든 걸 압도한다.

"나보다 먼저 죽으면 죽는당." 그리하여 '변한' 내가 동거인에게 자주 떠는 애교. 동시에, 원룸의 이윤주가 쯧쯧쯧, 혀를 차는 소리가 들린다. 애교 타임이 끝나고 '현타'가 오는 시간. 나는 원룸의 이윤주에게 쭈뼛거리며 말을 건다. 그래도 내가 이렇게 '인식'하고 있으니 봐줘. 나는 조금 변했지만 내가 변했음을 알기에 안타까워할 줄도 아니까 좀 봐줘.

이 안타까움이 남아 있는 한, '지나치게' 의존적인 사람으로 늙어가지는 않을 거라고, 내 몸을 내가 가눌 수 있는 상황이라면 내 정신도 내가 가눌 수 있게 해보겠다고, 변명인지 최면인지 모를 다짐도 한다. 그렇지만 변명이든 최면이든 다짐이든, 반복의 힘이란 무서운 것 아닌가. 2인 체제가 반복되는 만큼 원룸의 빗소리 또한 집요하게 소환된다면? 그 또한 무시 못 할 일 아닌가.

○

당신의 경우, 고독한 행복이 언제 변질하기 시작하여 고립된 절망으로 변형되는가? 하루가 지나면? 열흘? 한 달?

세상을 차단해버리고 싶은 충동은 언제 닥치며, 그 진정한 동기는 무엇인가? 당신이 혼자 시간을 보내는 것은 낫기 위해서인가, 숨기 위해서인가?

- 캐럴라인 냅, 『명랑한 은둔자』

프리랜서의 기쁨과 슬픔

2년 전, 어디에도 소속되지 않은 사람으로 살고자 직장을 나왔다. 무소속의 기간 동안 많은 것을 얻었다. 알람이 울리지 않는 아침, 러시아워에 포박되지 않을 자유, 평일 낮의 카페, 그저 읽고 싶어 읽는 책들, 그저 만나고 싶을 때 만나는 사람들, 일요일 밤「구해 줘! 홈즈」를 볼 때 초조하지 않아도 되는 마음.

무엇보다 '밤'을 얻었다. 밤에 대한 내 감정은 이중적이다. 일조량에 예민하기 때문에 해가 짧아지면 기운이 달리면서도, 달이 뜨고 세상의 소란이 잦아들 때부터 느껴지는 느슨한 감각을 사랑한다. 그것은 하루가 또 무탈히 소멸했다는 데 대한 안도감이기도 하다. 눈알을 굴리고, 신경을 곤두세우고, 뒷목을 잡고, 악다구니를 쓰던 이들이 집에 돌아가는 시간. 눈에 힘을 풀고, 신경을 해산하고, 뒷목을 베개에 대고, 목소리를 아껴도 죄책감이 느껴지지 않는 시간. 아무 죄책감이 없기에 뭐라도 해보고 싶은 시간.

출퇴근하는 직장인처럼 엄격한 생활 패턴을 유지하는 프리랜서도 있겠지만, 나에게 프리랜서로 산다는 건 어쩌면 돈과 밤을 교환하는 일이 아닐까 싶을 만큼 밤 시간에만 찾아오는 어떤 매혹들이 소중했다. 일감이 연결되지 않고 통장의 잔고가 줄고 내달을 계획하기 어려워도, 오늘도 나에겐 밤이 있지, 심지어 밤은 매일 있어, 라고 생각할 때의 은밀한 희열이 있다. 밤에 읽는 책은 낮에 읽는 책보다 명료하다. 밤에 듣는 음악은 낮에 듣는 음악보다 우아하다. 밤에 하는 생각은 낮에 하는 생각보다 반자본적이다.

늦은 아침에 눈을 뜨면, 그 시간에 눈을 떠도 된다는 사실 자체에 쾌감이 없다고 할 순 없지만, 묘한 불안이 찾아들기도 한다. 지금 이 시간 수많은 전화와 메일에 동시다발로 회신하는 사람들, 보채는 아이를 먹이고 입히는 사람들, 경작하는 사람들, 모여서 언쟁하는 사람들을 떠올리면 외로움 섞인 열패감이 간질간질 올라오기 때문이다. 하지만 밤은 다르다. 밤의 나는 작은 승리자다. 이 승리는 누구도 패배시키지 않는데, 나는 누구보다 위엄을 찾는다. 느리지만 담대하고, 섬세하지만 호기롭고, 고독하지만 오롯하다. 낮에 나를 짓눌렀던 과제들이 기묘하게 어떤 말미를 주는 느낌도 든다. 나는 말미를 받은 상태에서 일하면 마음이 한갓져서 효율이 오르는 편이다.

이 모든 것은 결국 어둠 때문일까. 너무 많은 자극 속에서는 보이지 않던 것들이 마침내 고개를 내밀기 때문일까. 우리는 모두 모체의 자궁이라는 절대적인 어둠 속에서 생을 시작했으므로, 밤으로부터 그 오랜 기억을 호출하는 것일까. 아니면 잠 때문일까. 나의 잠이 아닌 남의 잠. 나는 자고 있는 사람을 보면 마음이 약해진다. "내게 용서받을 일이 있다면 자는 모습을 들키면 돼." 오래진 누군가에게 말했다. 잠든 얼굴을 보면, 또는 상상하면, 그게 누구든 마음이 짠하게 녹는다. 시내 한복판에 군중을 모아놓고 하나님과의 친분으로 바이러스를 박멸하겠다며 괴성을 발사하는 목사 정도가 아니라면, 곤히 잠든 인간의 모습은 내게 대체로 항복을 얻어낸다. 힘들었겠다, 당신도. 그래서 쉬고 있겠지. 당신의 아주 오래된 적이 당신을 기습한다 해도 지금은 어떤 방어도 하지 못할 연약함으로, 그저 잠들어 있네.

글을 밤에 쓰기 시작했을 경우엔 가급적 날이 밝기 전에 마무리하지 않으려 한다. 많은 이가 알고 있듯 '새벽 감성'은 뮤즈가 되기도 하지만, 마수가 되기도 하기 때문이다. 한밤중 일필휘지로 쓴 글은 낮에 보면 이불킥을 유발하기 쉽다. 어두울 때 떠도는 생각들이 역동적인 것은 사실이므로 밤엔 그냥 취중 장광설처럼 글을 풀어놓기만 하고 이튿날 정돈하는 게 안전하다. F. 스콧 피츠제럴드는 「잠과 깸Sleeping and Waking」이라는 수필에서 잠들기 전 머리맡에 "밤에 기록할 만한 생각이 떠오를 때를 위한 공책과 연필"을 둔다고 했다. 그러나 곧이어 말한다. "사실 그런 생각은 거의 없다. 대체로 아침에 보면 하찮은 생각들이지만 밤에는 늘 강렬하고 다급하게 여겨지는 법이다."

하지만 그는 밤의 불면 속에서 동시에 말한다.

○

어쩌면 내가 될 수 있었던 것과 어쩌면 내가 할 수 있었던 것들. 그러나 놓쳐버리고 낭비해버리고 다 써버리고 탕진하고 되찾을 수 없는 것들. 이렇게 행동할 수 있었을 텐데. 그걸 절제할 수 있었을 텐데. 소심했던 그때 대담할 수 있었을 텐데. 경솔했던 그때 신중할 수 있었을 텐데. 그녀에게 그렇게 상처 줄 필요가 없었는데.

그에게 그렇게 말할 필요도.

부서트릴 수 없는 것을 부서트리려고 기를 쓰느라 내 자신이 부서질 필요도.

- F. 스콧 피츠제럴드, 「잠과 깸」, 『천천히, 스미는』

아무튼 이제 나는 밤을 반납할 준비. 아침엔 알람이, 이어서 러시아워가 나를 기다릴 것이다. 평일 낮에 카페에 간다면 미팅 때뿐일 것이고 읽고 싶지 않은 책을 읽을 때가 많을 것이다. 만나고 싶지 않은 사람을 자주, 혹은 매일 만날 수도 있으며 해가 지면 어김없이 피로에 휩싸일 것이다. 그래서 밤엔 잘 것이다. 아주 곤히.

얼마나 가져야 외롭지 않을까

주변에 물건이 많다고 느껴지면 두통이 온다. 전형적인 미니멀리스트다. 예쁜 물건을 보는 건 좋지만 그걸 쇼핑이라고 생각하면 또 두통이 온다. '내가 저걸 가진다면?'이라는 전제가 깔리는 순간 물건의 가치와 부피를 따지게 되는 일이 피곤하다. 그러니까 나의 미니멀리즘은 대단한 철학보다는 귀차니즘에 가까울 것이다. 물건을 구매하는 데서 오는 쾌감이 (뭔지 모르는 건 아니지만) 그걸 간직하는 데 드는 노력을 상쇄하지 못한다. 뭔가 좀 갖고 싶은 게 생겼다가도, 결국엔 (포기하는 게 아니라) 저절로 안 갖고 싶어지는 쪽으로 기울어버린다.

그나마 예외적인 게 책이라고 할 수 있는데 그것도 책 좀 읽는다는 사람들이 보면 귀여운 수준이다. 우선 보기보다(?) 다독가가 아닌 데다, 틈나는 대로 처분하며 산다. 지난가을 이사를 하면서 또 수백 권을 치웠다. 책을 곁에 두지 않는 삶이 무엇인지 잘 모르고 그것으로 밥까지 벌고 있는 처지긴 하지만, 무엇이든 일단 늘어나면 우선순위부터 따진다. 덜 중요한 건 떠나보낸다. 그것도 과거엔 중요했겠으나.

그래서 글을 쓰게 됐나 싶다. 딱히 도구가 필요치 않은 활동이니까. 나는 지난번 책에 실린 원고 대부분을 스마트폰으로 썼다. 더 잘 쓰기 위해 더 좋은 스마트폰이 필요하다고 하긴 어렵다. 당연히, 스마트폰이 '많이' 필요한 것도 아니다. 여러모로 글쓰기는 미니멀리스트에게 적합한 일이다. 최근에는 가능한 한 PC로 쓰려고 노력하는데, 가능한 한 시력이 약해지는 속도가 더디길 바라고, 가뜩이나 안 움직이는데 오랜 시간 누워서 근손실을 부추기면 안 된다는 위기감이 들어서다. 읽고 쓰는 일을 계속하려면 다른 건 몰라도 눈과 최소한의 근육은 남겨둬야 한다. 이런 생각에 이르면 어쩔 수 없이 보르헤스를 떠올리게 된다. 그는 한창나이에 시력을 잃기 시작해, 거의 볼 수 없게 된 이후에는 자신의 구술을 비서가 받아쓰는 식으로 집필했다. 내 생각을 누군가에게 소리 내어 말해 쓰도록 지시하는 건, 역시 보르헤스 정도 되어야 자괴감 없이 진행할 수 있을 것이다.

도구가 필요하지 않은 일을 한다는 건 대체로 산뜻하지만, 평계가 많아지는 시즌에는 좀 허전한 기분을 일으키기도 한다. 새 프라이팬을 둘러보며 보다 매끈한 팬케이크를 계획한다거나, 악상이 빈곤할 때 하염없이 기타를 조율하며 시간을 좀 벌어본다거나, 망쳐버린 그림을 쓰레기봉투에 넣은 뒤 새 붓과 물감을 고르며 심기일전하는 상상을 해본다. 장인은 도구 탓을 하지 않는다지만 도구의 존재가 위로가 될 때도 있지 않을까. 나의 활동을 도와주는, 아니 활동 자체를 가능하게 하는 도구가 있고 그것을 만지거나 닦거나 꺼내고 집어넣음으로써 실감할 수 있다면 얼마나 든든할까. 또는 아주 오래도록 함께해서 바라만 봐도 애틋하다거나. 지나간 시간을 잠시나마 윤색하는 낭만을 준다거나. 발레리나의 해진 포인트슈즈 같은 것 말이다.

실체가 있는 무언가를 붙잡고 싶은 마음은 글이 안 써질수록 간절해진다. 어린아이가 애착 인형을 끌어안듯 뭐라도 눈앞에 두거나 손에 쥐고 싶다(조카가 공갈젖꼭지를 물던 시절, 저걸 나도 하나 사서 하루에 딱 한 시간만 사용해볼까 진지하게 고민했었다). 내게 어떤 집착할 만한 물건이 없다는 사실, 물건에 마음을 붙여본 일이 없다는 사실이 갑자기 차고 시리다. 물건을 소유하는 일도 관계 맺기와 비슷한 면이 있기 때문일 것이다. 가까이 두고, 보살피고, 특정한 기억을 투영하고, 함께 낡아가는 과정은 유대와 결속의 감정을 제공한다. 미니멀리스트나 맥시멀리스트나 인간에겐 최소한의 끈이 필요하다. '최소한'의 기준이 천차만별일 뿐. 무언가와 연결되어 있다는 느낌 없이 제정신으로 살아갈 수 있는 인간은 많지 않다.

중국의 미술가 송동Song Dong의 작품 중에는 자신의 어머니가 평생 '버리지 못한' 1만여 점의 물건을 늘어놓은 「Waste Not」이라는 전시가 있다. 인간이 상상할 수 있는 거의 모든 가재도구들이, 한집에서 나왔다고는 상상하기 어려운 양으로 진열됐다. 그의 어머니는 문화대혁명의 불안정 속에서 남편을 잃은 뒤 강박적으로 물건을 모으며 집 안에 고립됐다고 한다. 한 사람이 어마어마한 양의 옷과 신발, 필기구, 세면도구, 그릇, 박스, 장신구, 누군가에겐 '쓰레기'로 보일 잡동사니들과 몇십 년간 맺은 관계란 어떤 것일지 가늠해본다. 그의 상처를, 또는 결핍을 그 물건들은 얼마큼 비추고 얼마큼 외면하고 있을까. 한 사람에게 필요한 끈은 어느 정도이며, 그가 감당할 수 있는 끈은 또 어느 정도일까.

당연히, 관계의 '양'이 정신의 만족을 보장하지는 않는다. 드레스룸에 온 동네 사람이 입고도 남을 옷이 가득해도 철이 바뀌면 웬일인지 입을 게 없다. 핸드폰에 전화번호가 수천 개여도 전 지구에 나보다 찌질한 사람이 과연 존재할까 싶은 어느 새벽의 외로움은 전혀 경감되지 않는다. 우리가 할 수 있는 것은 다만, 비바람 속에 붙잡을 수 있는 몇 개의 끈을 점검하는 일뿐이다. 다른 건 다 뽑혀 날아가도, 이것만큼은 내가 쥐고 있다고 자신할 수 있는, 이를테면 사랑이랄까. 사랑의 대상이 아니라, 사랑할 수 있는 힘 자체 말이다.

물론 그럼에도 불구하고 최후의 고독을 방어할 수 있는 인간은 없다는 사실을 나는 받아들인다. 아니, 받아들이려 노력한다. 미니멀로 사느냐, 맥시멀로 사느냐의 문제가 아닌 것이다. 죽을 때까지 오늘은 이 끈, 내일은 저 끈, 돌아가며 만지작거리더라도, 외롭다고 해서 아무 끈이나 동여매 질식하는 일은 없는 것이 좋겠다. 하지만 타건감 좋고 색감이 아름다운 기계식 키보드라면 어떨까. 그 정도면 가성비 좋은 끈이 되어주지 않을까. 날은 더운데 존재는 외로워 장바구니에 담았다는 말을 길게도 적었다.

○

코뿔소 모녀

잠들기 전 잠시라도 명상을 하려고 애쓴다. '애써 명상한다'는 게 얼핏 모순적인 것 같아도, 해본 사람들은 알겠지만 명상이 심호흡 몇 번 한다고 자연스럽게 되는 게 아니다. 제대로 공부한 건 아니라 깊게는 모르지만 내가 지향하는 명상은 상황에 대한 판단을 멈추는 것, 일종의 '마음챙김mindfulness'류 같다. '반복된 일상(사고)으로 뇌가 특정한 방향으로 세팅되어 저절로 과몰입하는 상태에 브레이크를 건다' 정도로 이해하고 있다.

이를테면 내가 자려고 누웠을 때 '저절로' 하게 되는 생각들에는 오늘 끝마치지 못한 업무, 그 업무를 비롯한 내일의 스케줄, 낮에 만난 혐오주의자, 쌓여가는 빨래와 이번 주말 날씨, 부모의 건강, 다음 생리까지 남은 기간, 오랫동안 안부를 묻지 못한 A의 안

위, ♬같은 부동산 시장, 전신의 제모 상태, 누군가의 질병, 사고, 죽음……을 비롯해 차마 글로 쓰지 못할 108가지가 있다. 이걸 다 내다버리고 오로지 지금 이 순간의 감각에 집중하는 일이 쉬울 리가. 어떤 생각을 '안 해야지' 하는 순간 이미 그 생각을 하고 있는 것이므로, 어떤 생각을 진짜 안 하려면 그 자리에 다른 생각을 채워야 한다. 그래서 나의 명상에는 '상상'이 필요하다.

내가 상상하는 건 주로 바닷속. 지구상에서 수심이 가장 깊은 곳이라고 알려져 있는 마리아나 해구라면 더 좋다. 그곳의 나는, 인간에 의해 아직 발견되지 않은 미지의 해양생물이다. 학명도 없고 빛도 없는 곳에서 그저 지느러미를 움직인다. 너무 깊은 곳이라 상위 포식자를 피할 필요도 없고 하위 포식자를 쫓아다닐 필요도 없이 위쪽에서 죽은 생물들이 가라앉으면 조금씩 뜯어 먹고, 아주 미미한 양의 젤리 같은 배설물을 싼다. 그 외에는? 그냥 부유한다. 지느러미로. 목적도 방향도 의지도 두려움도 없이.

여기까지 간신히 이르러도, '아 맞다, 내일 올리브영 가서 화장솜 사야 해'라는 사고가 놀라운 속도로 틈입할 수 있다. 당연한 일이다. 우리의 뇌는 앞날에 대비하도록 훈련되어왔기 때문이다. 좌절하지 말고 곧장 지느러미로 돌아가면 된다. '내겐 화장할 안면이 없고, 고로 화장솜도 필요 없음'을 빠르게 자각한 뒤, 다시 부유하면 된다. 어둠 속으로, 무한으로, 태초의 지구로. 이 과정을 처음엔 수십 번 반복하느라 '이런 게 명상이라면 명상 자체가 스트레스'라는 생각을 할 수밖에 없으나, 매일 하다 보니 '이윤주'에서 '지느러미'로 가는 과정이 확실히 짧아졌다. 거기서 더 발전하면, 잠들기 전뿐 아니라 언제 어디서나 마리아나 해구로 직행이 가능해질 수도 있다.

꽉 막힌 지옥철에서, 비관과 침묵이 교차하는 회의에서, 중상과 모략이 난무하는 식사 자리에서 어느 정도 사람 흉내를 내다가 남몰래 한 번씩 지느러미를 펼칠 수 있다. "매출이 안 좋습니다. 이대로 가면 위기입니다." "저런⋯⋯."(심해에서 수영 중) "이런 얘기 좀 그렇지만, 요즘 자기 이상한 소문 있던데 사실이야?" "저런⋯⋯."(심해에서 수영 중) "안녕하세요, 고객님. 이번에 괜찮은 투자 상품이 출시되어⋯⋯" "저런⋯⋯."(심해에서 수영 중)

상대방 몰래 심해어로 변신하는 것이 비겁하거나 무례한 일일까? 나는 그렇지 않다고 생각한다. 그것은 '나의 평안'을 위한 것에서 출발하지만 결국에는 공공의 안녕에 기여한다. 사람이 자신의 평안을 스스로 돌보지 않으면 매출이 안 좋다고 닦달하는 상사에게 "나도 할 만큼 했는데 어쩌라구!!!!!!!!!"라고 서류를 뒤엎으며 회의실을 개판으로 만들 수 있다. 요즘 너에 대한 이상한 소문이 있다며 편을 가르려는 사람에게 "어떤 10색희가 그딴 소리를 해??????"라며 급발진할 수도 있다. 그보다는 잠시 심해어가 되는 편이 백번 낫다고 본다.

　요즘에는 케냐에 사는 북부흰코뿔소 두 마리를 자주 상상, 아니 명상하고 있다. 이들은 지구상에 마지막으로 남은 북부흰코뿔소로 둘 다 암컷이고 모녀다. 과학자들은 2018년 세상을 떠난 마지막 수컷의 정자를 냉동해 보관하고 있지만 안타깝게도 남은 모녀는 모두 새끼를 배기 어려운 몸이라고 한다. 따라서 이 종(種)의 절멸을 막는 방법은 죽은 수컷의 정자와 모녀의 난자를 인공 수정한 뒤, 먼 친척뻘 되는 다른 종의 코뿔소 가운데 대리모를 선택해 이식하는 것이다.

　수만(수십만?) 년을 이어왔을 종의 소멸, 인간의 오만과 탐욕(뿔 때문이었다고), 단둘 남은 개체가 하필 모녀인 점, 애먼 개체의 몸에서 끌려나오는 난자들, 영문도 모르고 남의 자손을 잉태할 대리모, 환경운동, 생태계, 과학의 영웅들⋯⋯. 이런 것들의 인과와 선악을 판단할 능력이 나는 없다. 다만 하루 일과가 끝나고 잠들기 전, 기계적인 잡념들이 들어서려는 공간을 치우고 이 코뿔소 모녀를 초대할 때, 한낮의 모든 부잡한 감정은 비 맞은 먼지처럼 사그라진다.

　나의 명상 속에서, 내가 모녀를 쳐다봐도 모녀는 나를 보지 않는다. 너의 고독은 너의 몫, 우리의 고독은 우리의 몫이라는 듯이. 운명이 어디를 향할지 모르는 건, 아시아 작은 반도의 빽빽한 도시 한구석에서 발버둥하는 여자 사람이나, 아프리카 동부의 국립공원에서 삶을 이어가는 '종의 최후'나 크게 다르지 않다는 듯이. 나는 그들에게 다가가지 않지만 그들이 나를 냉대한다고 느끼지 않는다. 모녀는 그렇게 멀찍이 있다가 몸을 돌려 나를 등지고 천천히 걸어간다. 운명이 어디를 향할진 몰라도 그 끝에 '끝'이 있다는 사실만큼은 모두를 위로한다고, 그들의 뒷모습을 보며 나는 생각한다. 그다음은 바로 달고 깊은 잠.

내 뒤에 남겨질 무언가 하나

엄마가 지금 내 나이였을 때 초등학교 6학년과 4학년 딸들이 있었다는 사실을 생각하면 어안이 벙벙해진다. 이십 대 중반에 차분히 자식을 둘이나 낳아 서른아홉에 다(?) 키워냈다니. 지금 나는 아직도 내 몸 하나 추스르기 바쁜 배달의민족 VIP 회원인데. 가끔 꺼내 보는 어릴 적 사진 속의 부모는 지금의 나와 남편에게서는 느낄 수 없는 분위기가 있다. 식솔을 건사하는 어른의 에너지. 적당한 의지와 적당한 자부심과 적당한 피로가 섞인 에너지. 그 에너지는 자기 자신이 아니라 '가족'이라는 단위를 가동하는 에너지다. 초등학생에게는 우주 같던, 언젠가 나에게도 저렇게 커다란 시절이 온다는 상상은 차마 할 수 없게 했던.

　나와 남편도 법적으로 인정된 가족이지만 우리가 서로를 식솔이라고 느끼는 건 좀 어색하다. 각자 벌이하고 있으므로 아직 누가 누구에게 '딸렸다'고 보기 어려운 상태. 우리가 서로에게 느끼는 책임감은 옛날 사진 속 부모의 얼굴에서 느껴지는 책임감과는 다를 것이다. 자녀가 없고 반려동물이 없고 심지어 이제 반려식물조차 없는, 이인분의 가정.

……이라고 말하면 부양할 존재가 전혀 없는 채로 둘이 족족 벌기만 하니 세상에 걱정이 없겠다,고 생각하는 사람들이 있을 수 있다. '그렇게' 생각하려 노력은 한다.

다달이 월급이 들어올 때마다 우리가 잊지 않고 치르는 의식이 있다.

"그거 알아?"

"뭐?"

"우리 통장 지금 엄청 뚱뚱한 거."

"오."

"보여줄까?"

이인분의 월급이 통장을 '스치기' 전에 우리는 엄뚱통(엄청 뚱뚱한 통장)을 함께 관람하는 시간을 가진다. 이때 목소리를 낮추고 손바닥으로 비스듬히 핸드폰을 가리는 것은 필수다.

"쉿. 누가 볼까 무섭다. 우리가 현재 엄뚱통을 가진 것을."

……라고 마흔 언저리의 애 없고 집 없고 사실상 엄뚱통이 있

지도 않은 10년 차 부부는 자축을 하자며 또다시 배달의민족을 켜고. 과거 내 부모의 사진에서 풍겨져 나오던 아우라와는 이렇게, 또 하루 멀어져간다, 내뿜은 담배연기처럼.● 이 노래의 가사만 보아도 알 수 있지 않나. '그때'의 서른과 '지금'의 서른이 얼마나 다른지. 그러니 그때의 마흔들의 눈빛에 스치던 긍지와 고뇌를 오늘 마흔에 접어든 배달의민족 VIP들에게 찾아서는 안 될 것이다.

그렇지만 얄궂게도, 육신의 속도는 그때나 지금이나 크게 차이가 없는 듯하다. 나와 남편이 아무리 시답지 않은 장난질로 '철듦'을 거부해보아도, 우리의 몸은 정직하게 '나이 듦'을 수행하고 있다. 주변의 부부 사이에서 수년 전에 태어나 무서운 기세로 자라나는 아이들을 보며 특히 실감한다. 저 꼬맹이들이 크는 만큼의 시간이 우리에게도 지나갔구나. 돌연 느닷없는 기억이 떠올라 이상한 기분에 휩싸일 때도 있다. 대학 시절 나를 가르쳤던 선생님 중에 당시 '딩크족'으로 살던, 꼭 마흔이셨던 분이 했던 말. "아니, 작년까지만 해도 내가 나중에 죽을 때 내 뒤에 남은 자식새끼가 하나도 없다고 생각하면 그렇게 산뜻했거든? 그런데 이상하

●　김광석, 「서른 즈음에」

게 올 들어서는, 어, 진짜 뒤에 '아무것도' 없다고 생각하면 살짝 허전하네?"

고개를 살짝 비틀어 뒤를 돌아보는 시늉을 하면서 선생은 말했었다. 그가 그때 '뒤쪽'을 향해 던진 짧은 눈빛이 너무나 생생하다. 평소처럼 짓궂고 쾌활하면서도 어딘지 쑥스러움과 당혹감이 가득했던. 나 역시 짓궂고 쾌활하면서도 쑥스러움과 당혹감이 가득한 기분이 되어 옆을 보면, 나처럼 뒤에 아무것도 없는 한 남자가 내 눈엔 여전히 소년 같은 얼굴을 하고 배달의민족에서 휘낭시에를 주문하고 있다. 우리는 엄뚱통을 만들었으니 소보로빵이나 단팥빵이 아니라 휘낭시에를 먹을 자격이 있다며.

스노우라고, 오늘날의 마흔들에게 배달의민족만큼 소중한 앱이 또 있다. 사진을 찍을 때 인물의 얼굴을 보정해주는 앱이다. 칙칙한 피부를 밝히고 주름을 없앤다. 이른바 셀기꾼(셀카 사기꾼)을 탄생시키는 문명의 이기다. "이제 스노우 없이는 사진 못 찍겠어"라고 말하고 다닌 지가 벌써 꽤 되었는데, 스노우의 은혜를 입은 사진과 원본 사진의 갭이 점점 커질수록 도대체 이게 다 무슨 소용인가 싶어 사진 자체를 잘 안 찍게 된다. 나의 사진을 찍기 싫어질 무렵 아이를 낳고 싶어지는 걸까. 막 찍어도 환하고 수십 장 찍어도 뽀얀 인간을. 머물러 있는 청춘인 줄 알았는데 매일 이별하며 살고 있는 것이 견딜 수 없어서.

글을 쓰려는 마음의 저 어디 한구석에도 '남겨질 무언가'를 기
대하는 마음이 살짝 묻어 있을지도 모른다. 하릴없이 소멸해가는
것을 붙잡아보려는 안간힘. '내가 있(었)음'을 증명하고자 하는
마음. 어떤 글들, 특히 책들은 시간의 속도를 감당하기 힘든 존재
들의 발명품일 것이다. 그런 의미에서 좀 소름이 끼쳤던 순간. 책
을 출간한 지 얼마 되지 않아 검색창에 책 제목을 자주 쳐보던 시
절, 책이 지역 또는 대학들의 도서관에 들어가 있는 것을 발견했
다. 누군가 내 책을 돈 주고 구매하고 있다는 사실보다 도서관에
남는다는 게 더 충격적이었다. 왜 그 생각을 못 한 걸까.

황급히 공공도서관의 장서 폐기 매뉴얼을 검색했다. 대체로
네 가지 기준인 것 같았다. ① 이용 가치의 상실 ② 훼손 또는
파·오손 ③ 불가항력적인 재해·사고 ④ 기타 도서관장(학교장을
포함한다)이 필요하다고 정하는 사항. 넷 중 하나를 충족했을 때
책은 폐기의 수순을 밟는 듯했다. 이미 도서관에 들어가버린 책
이 제명을 다하기 위해서는 넷 중 어떤 조건을 만족시키는 것이
가장 빠를까(?) 잠시 궁금했다가, 에라 이제 뭐 어쩌겠나 하고 말
았다. 일단 세상에 던져놨으니 더는 내가 수습할 수 있는 일이 아
니다. 오은영 박사님이 그러시지 않았나. 육아의 궁극적인 목적
은 '독립'이라고…….

7

잊지 않으려고 쓴다

○

그 자체로 누군가의 입이 되고, 또 누군가의 입을
열게 하는 일에서 살아남을 수 있는 사람들은 따로 있으며
그중에는 내가 없다는 걸 받아들여야 했다.
내가 쓰고 싶은, 아니 쓸 수 있는 글이 무엇인지
다시 생각해야 했다.
압도당해도 괜찮고, 현실을 비틀거나 때론 무시해도 되며,
은유와 상징이 팩트를 넘어서는 글로 나는 돌아가고 싶었다.
그것은 아마도 문학이었다.

○

기자가 될 수 없는 사람

기자가 될 줄은 몰랐다. 나의 관념에 기자란 무엇보다 '쎈' 직업이었다. 업무 강도도, 경쟁도, 스트레스도 세고, 그러므로 성격도세야 하는 직업. 일상의 작은 부침에 질질 짜고 타인과 충돌하는것을 좋아하지 않는 나로서는 언감생심 꿈도 꿀 수 없는 일이었다. 신문사에 들어가기로 마음먹을 수 있었던 건 그곳에서 일반기자가 아닌 '교열' 기자를 뽑고 있었기 때문이다. 첫 직장이었던 학교에서의 근무를 끝내고 이제 무슨 일을 할 수 있을지 고민하던 때였다. 구체적인 계획은 없이 막연히 '글'을 다루고 싶다는생각만 있었다. 이미 작성된 기사를 검토해서 맞춤법과 문장의오류를 바로잡는 일은 국어 교사였던 내가 당장 할 수 있는 일이었고, 발로 뛰면서 부딪히는 취재 기자에 비해서는 그다지 '쎄지'

않아도 될 것 같았다.

기사를 살피는 일은 흥미로웠다. 기자들은 기본적으로 글쓰기 훈련을 받은 사람들이지만, 워낙 시간에 쫓겨 일하는 데다 속보가 중요해지는 온라인 시스템으로 옮겨가다 보니 실수가 있기 마련이었다. 기사에 딸려오는 실수를 잡아내는 일은 대개는 사소할 수도 있지만 때로는 치명적이었다. 점 하나 차이로 '저지하다'는 '지지하다'로 바뀔 수 있고, 글자 하나가 빠져 한 기업이 사활을 걸고 투자한 개발비가 400원이 될 수도 있다. 공직자의 이름을 혼동하는 것은 언론사 종사자라면 공통적으로 노이로제에 걸리는 부분이다. 나는 한 기자가 마감 직전 보내온 기사에서 총 다섯 군데의 '비둘기 아빠'를 '기러기 아빠'로 고쳤을 때 무척 뿌듯했다.

무엇보다 새로운 세계였다. 독자일 때는 내가 관심 있는 뉴스만 봤지만 이제 하루 종일 쏟아지는 모든 분야의 뉴스를 읽어야 했다. 그것도 초를 다퉈서. 세상에는 정말 많은 일이 일어나고 있었고, 그것은 알면 알수록 더 알아야 할 것 같은 조바심을 자극했다. 세상이 돌아가는 소리를 한번 듣기 시작하면 그것을 듣지 않고 지냈을 때의 감각이 상실된다는 걸 알았다. 이 많은 일들을 어떻게 모르고 살았는지 의아했다. 이 많은 일을 여전히 모르고 사는 사람들이 있다는 게 놀라웠다. 그것은 지적인 기쁨과는 조금 달랐다. 편집국이라는 공간이 반복적으로 자아내는 긴박함은 일종의 중독적인 항진을 일으키는 듯했다. 현장에서 일하는 취재 기자들의 삶을 어깨너머로 보기 시작했다. 그들이 하는 일은 그 자체로 누군가의 '입'이 되고, 또 누군가의 입을 열게 하는 것이었다. 그것은 (크든 작든) 본질적으로 여느 직종의 사람들이 경험하기 어려운 힘이었다. 세상의 모든 직업이 세상에 이런저런 영향을 주지만 기자라는 사람들의 영향력은 매우 직관적이고 가시적인 것이었다.

그리고 그들은 또한 '쓰는' 사람들이었다. 기사문은 형식에 제한이 있는 데다 현실적으로 '위'에서 쓰라는 걸 써야 하는 상황이 많다는 것도 알게 됐지만, 어쨌든 나도 글을 직접 써서 매체에 싣는 경험이란 걸 한번 해보고 싶어졌다. 언론인이 가지는 책무라든지 그에 따라오는 영향력, 성취감, 그런 것들에 대한 갈망이 아예 없었다고 할 순 없겠지만 취재 부서로 이동하길 희망한다는 (사내에서 그다지 보편적이진 않았던) 요청을 피력하고 결국 발령받을 수 있었던 건 글쓰기에 대한 갈증 '덕'이었다.

하지만 덕이 아니라 '탓'이라고 해야 했을까. 여전히 잘 모르겠다. 맡겨진 일은 열심히 하고 보는 성정은 어쨌거나 도움이 됐다. 그 시절 인생에서 가장 많은 사람을 만났고, 가장 많은 통화를 했고, 가장 많은 술을 마셨고, 가장 많은 곳을 다녔다. 택시를 타고, 택시를 타고, 택시를 탔다. 택시 안에서는 노트북으로 기사를 썼다. 그러다 정신이 산란해지면 차를 세워 내리고 길가 화단 같은 데 앉아서 쓰던 걸 마저 썼다. 그렇게 똥줄 타게 써서 송고한 기사가 타사보다 먼저 포털 사이트 메인에 걸리면 가슴을 쓸어내렸다.

이해가 대립하는데 어느 쪽이 옳은지 나도 모르겠는 이슈를 어쨌거나 한 방향으로 써야 할 때는 '현타'가 왔다. 그중 한쪽 집단의 강경한 무리가 공공기관에 침입해 경비원들과 몸싸움하다 한 평 남짓 되는 경비실에 갇혔을 때, 옆에 있다 떠밀려 함께 갇힌 적이 있다. 갇힌 예닐곱 명 중 한 명이 고함을 치다 눈을 위로 뒤집으며 쓰러졌을 때 그의 팔꿈치에 눈두덩이를 정통으로 맞은 나는 진심으로 자괴감을 느꼈다. 맞은 데가 아프다거나 그분이 걱정된다거나 여기서 무슨 기사를 뽑아내야 할지 모르겠어서가 아니라, 내가 여기 '떠밀려' 갇혔다는 사실 때문이었다. 기자라면, 기자다운 기자라면 이런 아수라장의 복판에 있을 때는 스스로 입구를 뚫거나 잠입했을 것이기 때문이었다. 맞지 않는 옷을 입고 있다는 생각이 들었지만 그래도 기사는 썼다. 뭐라도 썼다. 쓰고 싶어 선택한 일이었으니까. 악플에는 익숙해졌다. 사실 그다지 꼼꼼하게 읽을 겨를도 없었다. 세월호 전까지는.

내가 속한 팀이 팽목항에 내려간 때는 배가 기울었던 날로부터 스무 날이 지났을 무렵이었다. 가족의 시신을 찾은 유가족 대다수가 떠나고, 남은 가족들이 기다리는 소식에는 더 이상 진전이 없었다. 빽빽했던 진도 체육관은 정적에 잠겼고 얼마 남지 않은 실종자 가족들은 띄엄띄엄 자리를 지키고 있었다. 이따금 슬리퍼 끄는 소리가 무거운 공기를 갈랐다. 의자가 놓인 2층 관람석 한구석에서 한 노인이 넓은 종이 상자로 난간을 막은 채 앉아 있었다. 그는 별로 흐트러지지도 않은 주변의 옷가지를 끌어다 개키고 이부자리를 정돈하기를 반복했다. 가족들이 모여 있는 아래층에 계시지 않고 왜 이 좁은 데 계시냐고 물었다. 아래는 너무 환하다고 그는 대답했다. 아직 바닷속에서 나오지 못한 며느리를 기다리고 있다고 했다. 며느리는 제주도에 있는 집으로 혼자 돌아가는 길에 참변을 당했다. 나는 그런 짧은 대화들을 적고, 기사를 만들어 보냈다. 그러다 까무룩 잠이 들면 반드시 몽중몽을 꿨다. 깼는데 아직 꿈이고 깨면 또다시 꿈인 꿈.

　　N모텔 5층 끝방에서 밤마다 기사를 들여다봤다. '기자님 고맙네요, 여기 있으면 알고 싶어도 몰라요. 수고하세요'라는 댓글과 '아직도 시신 못 찾은 유가족 심정은 타들어가는데 기레기들 체육관 2층에서 내려다보며 감상문 쓰냐?'는 댓글 사이에서 나는

내가 어디쯤 있는지 가늠해보려 했다. 날이 밝으면 진도군청에 가서 브리핑을 들었다. "간밤에 옷가지 3점을 수습했습니다. 거센 파도로 바지선 위까지 물이 들어왔습니다. 기상 조건이 나아지는 대로 수색을 재개할 예정입니다. 도보 수색은 이어지고 있습니다."

　기자는 글을 쓰는 직업이 맞지만, 쓰는 일보다 중요한 게 훨씬 많은 직업이었다. "갑자기 한꺼번에, 우리가 단지 상상만 할 수 있었던 일이 우리에게 닥쳤다. 그리고 우리는 그것을 상상만 할 수 있을 뿐이다. 실제 현실인 사건을 상상해야 하는 기이한 현상, 그것이 나를 꼼짝 못하게 사로잡고 있다"라고 「뉴요커」의 기자인 필립 고레비치는 썼다. '현실을 상상해야 하는' 잔혹함 속에서도 그것에 압도되지 않는 것이 기자의 자질이라면, 나는 적절하지 않았다. 잡히지 않는 현실을 잡으려 애쓰고 싶지 않아졌다. 빈손을 빈손인 채로 내버려두고 싶어졌다. 여기가 어디고 내가 누구인지 알 수 없었다.

　'그 자체로 누군가의 입이 되고, 또 누군가의 입을 열게 하는' 일에서 살아남을 수 있는 사람들은 따로 있으며 그중에는 내가 없다는 걸 받아들여야 했다. 내가 쓰고 싶은, 아니 쓸 수 있는 글이 무엇인지 다시 생각해야 했다. 압도당해도 괜찮고, 현실을 비틀거나 때론 무시해도 되며, 은유와 상징이 팩트를 넘어서는 글로 나는 돌아가고 싶었다. 그것은 아마도 문학이었다.

기억의 집 (1)

내가 기억하는 첫 번째 집은 동작구 대방동에 있던 2층짜리 단독
주택이었다. 그곳에서 여섯 살이 될 때까지 살았다. 나는 그 집이
컸다고 기억하는데, 엄마 말에 의하면 내가 작았기 때문이지 큰
집은 아니었다고 한다. 현관에서 대문 사이에 약간의 마당도 있
었다. 안타깝게도 잔디나 텃밭으로 이뤄지진 않았고, 그냥 시멘
트 바닥이었다. 누가 대문의 초인종을 누르면, 현관에서부터 '쓰
레빠'를 질질 끌고 몇 걸음 나가면 되었다.

그 집에 대한 기억 중 가장 강렬한 것은 쥐다. 여기서 말하는
쥐는, 밤에 자려고 가만히 누웠을 때 가볍게 삐그덕거리는 천장
으로부터 추측되는 어떤 개념이 아니라, 싱크대와 바닥 사이의
낮고 어두운 공간에 제 전신을 기대고 나를 노려보던 실체였다.

어떤 때는 한 마리, 때로는 몇 마리가 띄엄띄엄 앉아(?) 있었고, 내가 그것을 지적하면 엄마는 빗자루를 휘휘 쑤셔 그들을 내몰았다. 나는 그중 하나와 눈이 마주쳤던 순간을 똑똑히 기억하는데, 그 두 눈이 빨간색이었기 때문이다. 언젠가 보았던 토끼처럼. 하지만 아이들은 어릴 때 곧잘 헛것을 보기 때문에, 나는 이 기억을 한동안 의심했다. 하지만 우리가 몇 년 뒤 다른 집으로 이사를 할 때, 피아노를 옮기던 이삿짐센터 아저씨가 말했다. "피아노 뒤판이 전부 갉아져 있어요. 이전 집에 쥐가 있었나요?"

두 번째로 강렬했던 것은 추위다. 겨울만 되면 엄마는 신경을 곤두세웠다. 난방 시설이 없진 않았겠으나 그 정도면 거의 가동되지 않는다 해도 상관없을 만큼, 마룻바닥은 차갑고 공기는 서늘했다. 화장실은 1층에만 있었고 안방은 2층에 있는 구조여서, 두 어린 딸을 목욕시킬 때 엄마는 전투에 임하는 자세가 되었다. 화장실을 가득 채운 수증기 속에서, 쫑알쫑알 한창 말이 많았을 나와 걸음마도 못 뗀 동생을 한꺼번에 씻긴 후, 동생을 먼저 타월로 둘둘 싸서 2층까지 엄청난 속도로 뛰어 옮겨놓은 다음, 눈 깜짝할 새 돌아와 나를 또 타월로 둘둘 싸서, 조금도 감속되지 않은 달음질로 계단을 올라 안방에 안착시켰다. 적의 눈을 피해 부상당한 아군을 옮기는 병사도 그렇게 신속할 수는 없을 것이었다.

나는 그때 근처의 유치원을 다녔는데, 다른 아이들보다 한두 살 빨리 입학한 터라 발에 맞는 실내화가 없었다. 양말을 신으면 잘 미끄러져서 차라리 맨발로 있곤 했는데 유치원 마룻바닥도 따뜻하진 않았다. 물론 그보다는 나도 다른 애들처럼 실내화가 생겼으면 좋겠다는 마음뿐이었다. 어쩐지 유치원 친구들과는 잘 놀지 않았고 우리 집 바로 옆에 있던 세탁소집 언니와 가장 친했다. 유치원이 끝나면 곧장 세탁소로 가서 놀거나, 언니가 우리 집에 와서 놀았다. 그 동네를 떠나고도 몇 년이 지난 뒤 옛날 사진들을 보다가, 그 언니에게 장애가 있었다고 엄마가 말해줬다. 나보다 서너 살은 많았는데 나보다 말을 잘 못했었다고 했다. 내가 가장 좋아하는 사진은 언니의 무릎에 내가 앉아 있고, 내 무릎에 동생이 앉아 있고, 동생의 무릎에 커다란 곰인형이 앉아 있어서 우리 모두가 인형처럼 보이는 사진이었다.

　"윤주는 이다음에 가수를 시켜야겠어."

　어른들은 그때 나만 보면 말했다. 내가 목에 핏대를 올려가며 온종일 「비 내리는 영동교」나 「사랑의 미로」 따위를 부르고 다녔기 때문이었다. 같이 살던 미혼의 삼촌은 나를 자기 방에 앉혀놓고 수준급의 기타로 반주를 쳐주었다. 덕분에 나의 실력은 나날이 갈고 닦이었다. 동네에 소문이 나서, 구멍가게에 모인 사람들이 내가 지나가면 노래를 불러보라고 했다. 나는 신이 난 채로 서너 곡을 거뜬히 완창했고 어른들은 깔깔깔 기뻐하며 과자와 동전을 꺼내 주었다.

서울올림픽이 열리던 1988년 우리 가족은 서울의 동쪽 끝에 막 지어진 아파트로 이사했다. 전형적인 아파트 키드의 삶이 시작됐다.

기억의 집 (2)

쥐와 추위가 극심했던 단독주택에서 서울 동쪽 끝자락의 아파트로 이사 간 날이 1988년 식목일이었다. 나는 여섯 살이었고 동생은 세 살이었으니 동생의 기억은 이 집부터 시작된다. 총 여섯 개의 동 가운데 6동의 302호. 엘리베이터가 2~3층엔 운영되지 않아서 우리 가족은 걸어 다녔다. 가끔 엘리베이터로 4층까지 올라가서 왠지 눈치를 보며 한 층을 걸어 내려오기도 했지만.

　방은 세 개. 부모의 방, 할머니의 방, 그리고 자매의 방. 내가 대학을 졸업할 무렵까지 그 집에 살았으니 자매가 방을 같이 쓴 기간이 17년이다. 이제 마흔을 바라보는 나와, 이제 다섯 살배기의 엄마인 동생이, 이미 오래전 각자의 살림을 꾸렸음에도 여전히 깊은 연결감을 느끼는 것은 '17년의 방'이 자매의 유년에 드리운

명암이 어지간히 강렬했기 때문일 듯하다. 자매는 그 방에서 나란히, 숙제를 하고 잠꼬대를 하고 감기나 장염 따위를 앓고 딱 한 번씩 응급실에 실려 가고 초경을 치르고 교복을 걸어놓고 친구에게 받아 온 편지를 숨기고 아빠의 사업과 엄마의 건강을 근심하고 저쪽에서 할머니가 부르면 서로 네가 가보라 떠밀었다.

지금으로서는 상상하기 어려운 상황들이 있었다. 이사 온 지 며칠 되지 않았을 때 4층에 산다는 젊은 여자가 두 딸을 데리고 우리 집 벨을 눌렀다. 내 또래인 큰애의 손을 꼭 쥐고 작은애는 포대기에 업은 채. "이사 올 때 보니까 여기도 딸만 둘이길래요." 그게 첫인사의 전부였어도 생면부지의 이웃을 집에 들여 국수와 커피를 끓이는 게 이상하지 않던 때였다. 학교에 갔다 오면 현관문에 '엄마 4층에 있다'거나 '열쇠 경비실에 있다'고 쓰인 메모지가 붙어 있기도 했다. 경비실에 내려가면 경비아저씨가 열쇠를 직접 건네주기도 했지만 아저씨가 안 계실 땐 302호 자리에 걸려 있는 열쇠를 직접 빼서 가지고 나왔다. 501호, 902호, 1202호 열쇠도 그런 식으로 걸려 있었다. 경비아저씨는 물론이고 총 30세대의 이웃 전체, 아니 그 동네를 오가는 모든 이들을 신뢰하지 않는다면 불가능한 방식이었다. 물론 신뢰라는 개념 자체가 공고했던 게 아니다. 불신이란 개념을 몰랐던 거지.

217

1층에는 식탁에 언제나 예쁜 수저받침부터 먼저 놓는 아주머니가 살고 있었다. 우리가 라면을 끓여달라고 하면 라면은 영양가가 없다며 꼭 떡을 넣거나 밥을 말아주었다. 2층 아주머니는 안경이 뿌옇고 아주 바쁜 팔자걸음을 걸었다. 우리가 인사를 하면 안경을 코끝에 내리고 눈을 치뜨며 "어~○○구나!" 하고 빠른 속도로 지나갔다. 백옥처럼 흰 피부를 가진 5층 아주머니는 하루도 빠짐없이 에어로빅을 갔다. 키가 작고 눈이 큰 6층 아주머니는 반상회에서 뾰족한 말들을 잘했다. 엄마는 그 아주머니와 친하진 않았지만 그래도 그가 틀린 말은 안 한다고 했다. 13층에는 찰랑거리는 생머리에 목소리가 작은 아주머니가 집 안을 인테리어 잡지처럼 해놓고 살았다. 우리가 놀러 가면 늘 장식장의 먼지를 닦거나 거실 한쪽에 쭈그려앉아 마룻바닥 틈에 낀 때를 걸레로 문지르고 있었다. 15층 아주머니는 엄마보다 열 살쯤 많았는데, 사자 갈기처럼 부풀린 머리를 하고 딱 붙는 미니스커트에 망사 스타킹을 즐겨 신었다. 나는 아주머니의 큰 엉덩이가 걸을 때 저절로 흔들리는 거라고 생각했지만 그렇게 생각하지 않는 사람들도 있었다.

　　그 동네는 2004년에 떠났다. 유년과 소년을 몽땅 지낸 곳이니 자주 그리웠지만 어쩐지 일부러 찾아가게 되진 않았다. 그러다 지난가을, 모교에 갈 일이 생겨 십 몇 년 만에 그곳에 들러봤다. 오래된 아파트 단지 특유의 울창한 조경, 덧칠에 덧칠을 거듭한 외벽, 책가방을 메고 수없이 오갔던 길, 초여름이면 바닥에 떨어진 송충이들을 밟지 않으려 깨금발을 들고 다니던 그 길, 학교에서 우유 먹고 토한 날 고개 숙이며 돌아오는 길에 뒤에서 가방을 톡 치며 괜찮냐고 물었던 그 남자애, 맨날 졸졸 따라다니던 동생을 따돌리려 했던 골목, 땅따먹기를 하기 위해 깨진 돌로 선을 긋던 내 모습. 공부를 잘했지만 예민하고 강박적이었던 아이. 갑자기 눈보라가 몰아친 어느 겨울날, 급히 노인정에 달려가서 할머니를 데리고 오는 길에 할머니의 속눈썹에까지 달라붙던 거친 눈송이, 뚱뚱한 할머니의 걸음이 너무 느려서 꽁꽁 언 손을 맞잡고 울어버렸던 기억. 하지만 어느 날의 하굣길엔, 머리에 파마를 말고 똑같은 보자기를 쓴 엄마와 동생이 3층 내 방 창문에서 날 기다리며 웃고 있던 장면. 머리숱이 너무 많아서 나는 한 번도 못 했던 파마. 하지만 아침마다 엄마가 수많은 핀과 방울, 리본이 담긴 바구니에서 고르고 골라 묶어주었던 긴 머리.

없어진 것은, 식빵이 맛있었던 '바로방' 빵집, 웬디스 햄버거, 속셈학원, 네모난 천막 속의 과일가게, 돗자리에서 흰 양말과 스타킹을 팔던 할머니, 대여된 비디오 케이스는 거꾸로 세워놓던 비디오가게, 바보같이 착하기만 한 친구의 마음을 아프게 하려고 내가 뱉은 독한 말, 엄마가 만든 지점토 장미꽃, 좋아했던 메리제인슈즈, 암으로 돌아가신 5층 아주머니. 아주머니는 세상을 떠나기 얼마 전 길에서 나를 만났을 때 못 본 새 많이 컸다고 웃으며 자신이 요즘 걸음이 느리니 앞서 가라고 길을 비켜주었다. 무슨 말을 해야 할지 알 길 없던 초등학생이 끝내 꺼낸 말은 어디 가시는 길이냐는 물음. 아주머니는 "은행에"라고 했었다. 은행은 아직 있었다.

홍시에 대한 욕망

무엇이든 본인은 먹지 않겠다고, 사실은 무엇이든 먹고 싶었으면서도, 손사래부터 치는 게 일상이었던 내 할머니가 유일하게 '주문'했던 음식물은 홍시였다. 내가 그의 방을 지나가거나 지나칠 때, 평소와 다른 빠른 말투로 "애" 하고 부른 뒤, 한 시간쯤 전에 꺼내둔 것이 분명한 2천 원 정도를 건네며 홍시를 사다 달라고 했다. 홍시를 팔던 과일가게까지는 집에서 100미터도 되지 않지만, 뚱뚱한 노인에게는 꽤 가파르게 느껴질 언덕이 있었고 겨울에 자주 얼었다.

할머니가 "애"라고 말을 걸어오는 일 자체가 거의 없었으므로, 나는 홍시 심부름을 할 때마다 기분이 묘해졌다. '할 때마다'라고 했지만 겨울철 두세 번쯤이 다였고 수박이나 파인애플을 사와서 잘라달라는 것도 아니었는데, 내게는 더 이상 언덕 같지도 않게 된 그 언덕을 내려갈 때 느꼈던 불편한 마음을 지금도 선명히 기억한다. 고봉밥을 너끈히 드시는 분이라는 걸 뻔히 아는데, 매끼 밥을 풀 때마다 하나 마나 한 그 소리, "나는 밥 생각이 없다"와 함께 깊은 한숨을 뱉고 나서야 세상에서 가장 고된 일을 앞둔 듯이 밥상 앞에 앉던 사람, 모처럼 온 식구가 짜장면이라도 시켜 먹게 되면 당신 것은 절대 시키지 말라는 말을 굳이 해놓고 나서야만, 우리가 알아서 시킨 본인 몫의 짜장면을 누구보다 왕성하게, 양파 조각 하나 남기지 않고 먹어치우던 사람이었다.

그러니까 전형적으로, 빨리 죽어야 한다는 말을 지나치게 자주 하면서 죽음을 몹시도 두려워하던 노인이었다. 욕망을 감추려 하지만 번번이 지나치게 드러내는 방식으로 실패하던 노인. 마음에 없는 소리가 습관이 되다 보니 본인의 마음이 무엇인지 모를 지경에 이르고, 그 마음을 헤아려야만 그를 케어할 수 있는 주변 모든 사람을 지치게 만들던 노인. 심지어 (당신은 의도치 않았겠지만) 그들을 '못된' 사람으로 만들면서까지. 그랬던 할머니가 홍시에 대한 욕망을 투명하게 드러낼 때 나는 복잡해졌다. 모든 욕망을 거꾸로 말하는 저 노인이, 예외적으로 표출하는 이 욕망은 무언가. 고봉밥이나 짜장면에 비해서, 홍시 정도는 욕망해도 되기 때문인가. '얻어먹지 않고' 본인이 2천 원을 지불했기 때문인가. 아니면 그저, 그만큼 간절했기 때문인가.

남편과 망원시장을 지나다가 홍시를 보았다. 홍시가 담긴 검은 비닐봉지를 들고 할머니에게로 돌아가던 여자아이의, 지겹고 지겨운 죄책감과 약간의 단순한 안도감과 흙탕물 같은 불안감이 되살아났다. 그리고 또다시, 할머니가 보고 싶었다. 남편에게, 나는 이다음에 죽을 때 먼저 죽은 사람들을 이제 만날 수 있다고 생각하면서 죽어야겠다고 말했다.

"그럴 수 있든 없든 그렇게 생각해버릴 거야."

"못 만나. 다 없어져." 남편이 대꾸했다.

"알아. 죽으면 그냥 원자로 돌아간대."

할머니는 꼭 열흘을 앓고 돌아가셨다. 열흘간 거의 아무것도 삼키지 못했고, 아무 말도 하지 않다가, 생을 마감하던 날 "벌써 열흘째여……"라고 토해내듯 중얼거렸다. 나는 그 말을 분명히 들었지만 믿을 수 없었고, 믿기지 않아서 어린애처럼 으앙 울어버렸다. 2005년, 홍시가 나오기 시작하던 계절이었다.

홍시를 사지 않으며, 홍시의 원자를 생각했다. 홍시를 이루던 원자와 할머니를 이루던 원자가 우주 어디를 떠돌다 포개지는 생각을 했다. 시장 초입에 위치한 파리바게뜨에서 젊은 여성이 마이크에 대고 꾸준히 같은 말을 외치고 있었다. "팝아트의 거장 앤디 워홀의 아트 케이크를 만나보세요!" 장바구니를 든 노인들이 팝아트의 거장을 지나쳐 분주히 홍시를 사러 갔다.

나 같은 거 갖다주고
다시 물러오고 싶다

잘 모르겠다. 가엽지 않은 인생이 없고 서럽지 않은 죽음이 없지만, 단지 유명인이라는 것 말고는 개인적으로 일면도 없는 그의 사망 소식이 이렇게 무거운 이유를. '그럴' 사람처럼 보이지 않았기 때문이라고, 함께 울고 애도하는 많은 사람은 말할지 모르겠지만, '그럴' 사람이 아닌 사람들이 얼마든지 그럴 수 있다는 것을 우리는 내심 안다. 그래서 잘 모르겠다. 미국의 대통령 선거 개표가 실시간으로 세계를 들었다 놨다 하는데 도통 들리지 않는다. 가족의 애사를 치른 사람처럼, 아니 그가 죽었는데 이 무슨 소음이고 난리인가 싶을 만큼, 비현실적으로 가슴이 아픈 이유를 모르겠다.

개그콘서트가 성황이었던 시절에 분명히 그의 팬이긴 했다.

프로그램을 챙겨 보았고, 웃었고, 인터뷰 등을 관심 있게 들여다봤다. 1년 차이로 나와 같은 시기에 학교를 다녔으며, 국어교사가 될 뻔한 사람이었다는 것, 엄마와의 사이가 각별하다는 것 등을 알게 되었다. 비슷한 점이 많아 그를 동질하게 느껴왔던 것 같다. 공개 코미디 시장이 거의 힘을 잃고, 그는 각종 행사의 진행자로 종종 매체에 모습을 드러냈다. HOT 덕후였음이 알려지고, 아이런, 또 겹치네, 하는 마음을 또 한차례 새겼었다. 내가 기억하는 가장 최근의 활동은 그가 펭수 덕후로 해당 채널에서 사회를 보았을 때인데, 그때도 참 그답게 나이 들고 있네, 맑음은 맑음대로 내공은 내공대로 참 그답다 했다.

하지만 모두 차치하더라도, 그가 독서의 열렬한 옹호자가 아니었다면, 그 모든 유대감이 이렇게까지 짙었을 것 같지 않다. 그가 했던 인터뷰 중 내게 가장 흥미로웠던, 김민정 시인과 나눈 '책' 이야기에서 그는 박준, 김애란, 박연준 등에 대한 사랑과 그 사랑의 배경을 폭포처럼 쏟아놓는다. 그는 책들을 품고 다니고, 필사하고, 동료 여성 희극인들과 독서 모임을 꾸려 퍼뜨린다고 했다. 인터뷰 중 그가 기억에서 불러내 되뇌는 몇몇 구절은 또다시 그가 어떤 사람인지 알게 하는 손전등 같은 것이어서, 그를 거듭 사랑하지 않을 수가 없었다.

○

헤어진 애인이 꿈에 나왔다

물기 좀 짜줘요
오이지를 베로 싸서 줬더니
꼭 눈덩이를 뭉치듯
고들고들하게 물기를 짜서 돌려주었다

꿈속에서도
그런 게 미안했다

- 신미나, 「오이지」

    코미디언 박지선이, 책을 좋아하는 사람들이 대개 그렇듯 사는 게 징그러울 때마다 책을 펼쳐 한 고비를 넘겼을 박지선이, 결국엔 우리가 영영 모를 어떤 최근의 고비를 책으로도 뭐로도 그냥 넘기지 않기로 했다는 게 너무 망연해서, 나는 자꾸 하던 일을 멈추게 된다. 그 고비가 유독 거칠었을 수도 있지만, 크든 작든 지속적으로 반복되는 종류의 고비를 안고 살아가야만 하는 사람들의 지긋지긋함 같은 것을 생각하게 된다. 어떤 예술로도, 사유로도, 낙천과 연대로도 떨쳐지지 않는 존재 본연의 지긋지긋함을. 스스로 생을 중단한 사람들을 두고 남은 이들은 그들의 외로움, 고립 같은 것을 안타까워하는 경우가 많지만 그는 심지어 엄마와 함께 떠났다. 그의 트위터를 지켜봤던 팬이라면 안다. 그 모녀는 삶의 얄궂고 때론 잔인한 면들을 놀라운 경지의 유머로 에두를 줄 아는 사람들이었다는 걸. 그리고 유머 없이 살아갈 수 없는 사람이라면 안다. 유머는 고통과의 거리감을 확보할 줄 아는(확보하지 않으면 안 되는) 사람들의 능력이라는 걸.

박지선이 세상을 떠난 날, 아니 떠났음이 알려졌던 날, 나는 그가 발견된 곳에서 정말이지 얼마 떨어지지 않은 곳에서 일을 하고 있었고, 도무지 멍한 채로 몇몇과 대화를 트며 '말도 안 된다', '말도 안 된다'만 주고받았다. 그중 한 동료가, 언젠가 그의 책을 만들고 싶었는데, 하며 말을 흐렸을 때 결국 눈물이 터져버렸다. 그제야 알았다. 그에게 듣고 싶었던 이야기가, 그만이 할 수 있는 이야기가 많았음이 분명하며, 나 또한 그걸 '언젠가'라는 기약으로 기다리고 있었다는 걸. 너무 자연스럽게 다가올 일이었는데 이제는 기대할 수 없는 일이 되어버렸다.

앞서 말한 인터뷰에서 그는 자신이 책을 사랑하게 된 데에 가장 큰 영향을 줬던 친구가 수년 전에 세상을 먼저 떠났음을 고백하며 말했다. 친구가 떠난 뒤 『벗을 잃고 나는 쓰네』라는 책을 읽었는데, 아픈 김유정을 안타까워하는 채만식이 "나 같은 명색 없는 작가 여남은 갖다 주고 다시 물러오고 싶다"고 한 구절에 밑줄을 쳤다고. 그게 딱 자기 마음이었다고. 그 물러오고 싶은 마음을, 남은 사람들에게 물려주고 박지선은 갔다. 물려받은 한 사람은 이렇게라도 적어두고 넘어가야 일도 하고 티비도 보고 라면도 먹겠어서, 마구 적었다.

씻기고 입혀줄 사람

내가 정말 아꼈던 책을 엄마가 버린 적이 있다. 열 살 무렵, 오영민 선생의 '명랑소설(그런 게 있었다)'에 빠져 있을 때였다. 한 번 읽은 책을 과장 없이, 스무 번쯤 다시 읽곤 했는데 그중 『내일 모레 글피』라는 책을 특히 좋아했다. 현재 엄마는 '버린 것은 기억나지 않으나 밤늦도록 지나치게 책을 읽던 나의 시력과 수면이 매우 걱정되었던 건 맞다'고 진술한다. 하지만 때린 사람은 잊어도 맞은 사람은 못 잊는다는 말처럼, 버린 사람은 잊어도 버림당한(?) 사람은 잊지 못한다. 어느 날 집에 와보니 내 책들 중 일부가 사라져 있었고 그중 『내일 모레 글피』도 포함되었다. 당시에도 절판된 책이었다. 항의하는 나에게 엄마는 "그건 너무 많이 읽었잖아"라고 말했다(고 나는 기억한다). 여하간 서로의 기억이 일치하지 않고, 이 이야기를 꺼내면 엄마는 진실 여부와 무관하게 매우 곤혹스러워하므로 그냥 그렇게 두고 있다.

그때였던 것 같다. 내가 책을 좋아하는구나, 느꼈던 게. 그토록 읽어댔으면서도 나는 내가 책을 좋아하는 줄을 몰랐다. 무슨 말이냐면 나는 사실 「사랑이 뭐길래」 같은 드라마도 좋아했고 「경찰청 사람들」 같은 논픽션도 좋아했으며 무엇보다 집에 마실 오신 동네 아주머니들과 엄마가 나누는 대화 같은 것을 좋아했다. 그러니까 나는 이야기를 좋아했다. 끝나지 않는 이야기들. 몰랐던 이야기들. 하지만 『내일 모레 글피』가 폐지와 함께 실려 알 수 없는 곳으로 떠나고 나서, 나는 책의 '물성(물론 그때 이런 말은 몰랐다)'에 집착하기 시작했다. 사실 책이 우리 집에서 사라졌어도 내 머릿속에는 그대로 있었다. 스무 번을 읽었으니까. 여름휴가로 아빠 차에 실려 동해안에 갈 때도 멀미를 참아가며 읽었으니까. 하지만 나는 『내일 모레 글피』를 머리가 아니라 손으로 잡고 싶었다. 만지며 확인하고 안심하고 싶었다.

일하면서 만나는 저자들에게, 특히 첫 책 출간을 앞둔 분들에게 "왜 책을 내(려고 하)세요?" 묻고 싶을 때가 종종 있다. "왜 글을 쓰세요?"와는 다른 얘기다. 쓴 글을 '굳이' 세상에 내놓으려면 어떤 동기나 계기가 필요하기 때문이다. 순수하게 궁금해서지만,

저런 질문을 잘못 하면 오해를 부를 수 있으므로 입밖에 내지는 않는다. 물론 일하다 보면 어느 정도 알 수 있다.

출간이 생계라서, 세상에 할 말이 많아서, 유명해지고 싶어서, 빤한 직장생활이 지겨워서, 책으로 큰돈을 벌 수 있다고 생각(또는 착각)해서, 내가 쓴 책이 서점에 있는 걸 한번 보고 싶어서⋯⋯ 등등. 뭔가 한 가지를 오래 팠는데 주변에서 '어이, 그 정도면 아예 책으로 써보지 그래' 해서 '응? 그럼 한번⋯⋯' 하는 분도 있다. 다 모르겠고 그냥 죽기 전에 책 한번 내본 사람이 되고 싶을 수도 있다.

재밌는 것은 동기의 종류와 강도가 어떻든 내고 나면 대체로 당황하게 된다는 점이다. 많이 팔아야 했던 분들은 '세상 사람들이 이렇게 (내) 책을 안 읽는다는 것'에, 굳이 많이 팔 생각까진 없던 분들은 '세상에 이렇게 티도 안 나는데 골치 아픈 세계가 있다는 것'에 당황한다. 책 읽는 사람은 드물고 책 만드는 일은 생각보다 골치 아프다. '쓰는' 게 다가 아니라는 뜻이다. 물성을 입혀야 하는데 물성을 입히는 일에는 돈이 들고 돈이 드는 일에는 여러 사람의 이해(또는 관점)가 얽힌다. 쓴 글을 쭉 인쇄해서 제목 하나 달고 표지로 좀 싸면 책이 나오는 줄 알았는데, 이거 해달라 저거 해달라 출판사는 말이 많고 이건 안 된다, 저건 안 된다, 안 되는 것도 많다. 내가 무슨 부귀영화를 누리겠다고 이 고생을, 다 집어치우고 싶은 순간이 찾아온다.

나는 '이거 해달라 저거 해달라' 쪽을 생업으로 하는 입장, 그 가운데 잠시 저자가 되어본 적이 있는 입장, 그리고 또 조만간 잠시 저자가 될 입장에서 이 글을 쓰고 있다. 골치가 세 배 아파서, 교정지 더미를 벚꽃처럼 찢어발기며 사지를 버둥거리고 싶을 때가 있다. 글이란 뭔가. 책이란 또 다 뭔가. 뭐긴 뭐야 니 밥그릇이자 국그릇이지. 가끔은 양념 종지일 수도 있겠고. 하지만 첫 책을 내기 한 달쯤 전이었던가. 멀지도 가깝지도 않은 누군가에게 나는 말한 적이 있다.

"저는, 실은요. 엄마한테 주고 싶어서 책 내는 것 같아요. 책은 자랑하기가 참 쉬워요. 만일 자식이 음악가나 화가라고 생각해볼게요. 아무리 잘 만들었더라도 그걸 가방에 넣고 다니면서 '아니 좀 보라구, 이게 내 딸이 만든 음악/그림이라구' 하긴 쉽지 않아요. 의사나 변호사도 물론 자랑스럽긴 하겠지만 '아니 좀 보라구, 이게 내 딸이 이번에 승소한 재판이라구', '이분이 내 딸이 여덟 시간의 수술 끝내 살린 환자라구' 하긴 어렵죠. 근데 책은 되거든요. 식당이나 카페에서 수다하다가 무심하고 시크하게 쓱, 가방에서 꺼내며 '아니 좀 보라구, 이게 내 딸이 이번에 쓴 책이라구' 할 수 있거든요."

상대는 웃으며 말했다(출판 관계자였다). "아니 진짜 그런 이유라면 자비출판 해도 되잖아요."

"되죠. 되는데, 저는 편집자니까 알잖아요. 작가한테서 갓 나온 글, 원고 자체는 약간 어린애 같은 존재라는 거. 어린애를 데리고 나가려면 씻기고 입혀야 하잖아요. 어린애가 저 혼자 입고 씻어 봐야 얼마나 태가 나겠어요. 옆에서 씻기고 입혀주는 거에는 못 비하죠. 나도 누가 좀 씻기고 입혀주면 좋겠더라고요."

그동안 내가 씻기고 입혀 내보낸 책들, 씻겨지고 입혀져 책으로 나간 나의 글들, 그리고『내일 모레 글피』. 그 사이를 오가는 기분은 뭐랄까, 소년과 청년과 중년을 동시에 사는 기분이자, 시차를 두고 세 명의 애인과 약속을 잡는 기분이다. 바쁘긴 한데 나쁘진 않다는 뜻이다.

삶을 넘을 수는 없다

"그럼 엄마 나갈 테니까 이따 중국집에 전화해서 짜장면 시켜 먹고 놀고 있어."

　친구들과 집에 모여 사이좋게 놀고 있던 나의 가슴이 그때부터 두근거리기 시작했다. 따뜻하고 촉촉한 짜장면에 설레서가 아니라 전화, 전화 때문에. 엄마가 건네준 돈과 중국집 전화번호를 받아 들고 나는 오도카니 멈춰 섰다. 안녕하세요, 인사 먼저 해야 하나? 아니 배달에는 주소가 가장 중요하니 집 주소부터 말해야 하나? 그래도 전화를 받자마자 대뜸 주소부터 말하는 건 좀 이상 하겠지? 평범하게 여보세요, 한 다음에 메뉴부터 말할까? 혹시 메뉴를 헷갈려서 다시 말하게 되면 사장님이 너그럽게 기다려주실까? 바쁜데 머뭇거린다고 화내진 않을까? 그럼 집 주소는 언제 말할까?(무한반복……)

짜장면은 먹어만 봤지 시켜본 적 없던 어린 나는 그래서 신문지 한 귀퉁이에 적었다.

- (시작) 안녕하세요.

- (대략의 위치) 여기는 ○○아파트인데요.

- (메뉴) 짜장면 두 그릇하고 볶음밥 하나 갖다 주세요.

- (가격 확인) 값은 전부 ××××원이 맞나요?

- (상세 주소) 나머지 주소는 6동이고 302호예요.

- (대기 시간) 몇 분 뒤에 오세요?

- (끝) 감사합니다.

글로 써놓으면 편안해지는 마음의 기원(origin)은 그 신문지 한 귀퉁이였던 것 같다. 처음으로 모르는 사람에게 전화를 걸어 원하는 것을 전달해야 하는 두려움을 이기게 해준 메모. 메모가 없으면 짜장면을 주문할 수 없었던 아이는 무럭무럭 자라 연인에게 '싸울 거면 편지로 싸우자'고 말하게 된다. 다툼이 생기면 머리가 하얘지면서 입 밖으로 말이 잘 안 나오는 타입. 그럴 때 상대가 폭포처럼 목소리를 쏟아내면 더 말이 안 나오는 타입. 하지만 할 말은 언제나 많고 소통에 갈급한 타입. 그래서 진심으로 말했다. 편지로 싸우자. 상대가 "편지는 무슨 편지야"라고 말하면, "그럼 너는 말로 해. 나는 집에 가서 편지로 대답할게"라고 말했다. 그리고 실제로 입을 꾹 다물고 있다가 돌아가서, 읽다 지쳐 쓰러질 분량의 메일을 전송했다. 상대가 읽다 지쳐 쓰러지기를 바랐다는 게 아니다. 돌아보면 그랬다는 것이다.

여전히 글은 편하고, 말은 편하지 않다. 과거보다는 많이 나아졌지만 여전히 단 한 마디도 하고 싶지 않은 날이 많다. 말은 매번 마음을 따라잡지 못하는 느낌이다. 내가 전하고 싶은 수많은 마음은 입 밖으로 나가는 순간 혼탁하거나 납작해진다. 올 들어, 태어나 가장 힘든 일을 겪고 있는 한 친구에게 계절이 몇 번 바뀌는 동안 내가 해준 말이라고는 "계속 기도할게"뿐이었다. 단 한순간도 진심 아니었던 적 없지만, 할 때마다 무력해지던 말. 그 무력한 말 뒤에는 다음과 같은 마음이 생략되어 있었다. '나는 너의 고통을 나누어 갖고 싶고, 그럴 수 없다면 네가 그 시간을 견디는 동안 옆에 있고 싶으며, 옆에 있는 나를 네가 필요할 때 꺼내 쓰면 좋겠는데, 지금 너에게 그조차 번거로운 일이라면, 그저 나는 계속 기도를 하겠다.' 하지만 나는 늘 마지막 말만 했다.

몇 번이고, 그에게 말이 아닌 글을 쓰고 싶었다. 오랫동안 글이 편한 상태로 살아왔으니 '잘' 쓸 수 있을 것 같았다. 내 마음에 꼭 꾹 쌓여 있는 공감과 응원의 소리를. 하지만 쓰지 않고 있으며 앞으로도 쓰지 않을 것 같다. 왜냐하면 삶의 어떤 부분은 글 '따위'가 부연할 수 없다는 걸, 이제 조금 알아가고 있기 때문이다. 말이 마음을 따라잡지 못할 때가 있다면 글은 마음을 윤색할 때가 있다. 윤색이 나쁜 게 아니라도, 어쨌든 그게 '마음'은 아니다.

삶의 어떤 순간에는 슬프기 때문에 두서가 없고 슬프기 때문에 정교한 단어를 고를 수 없는 게 자연스러운 것 같다. 기도한다는 말밖에 아무것도 할 수 없는 상태 자체가 최선일 때도 있다고, 나는 나를 설득한다. 아무 꾸밈도 받을 수 없는 '기도할게'라는 한마디가, 무얼 기도할 건지 얼마나 기도할 건지 어떻게 기도할 건지가 촘촘히 담긴 구구절절보다 강하기를 바라면서. 글이든 말이든 그것이 '삶'을 넘을 수는 없다고 믿으면서.

얼마 전 친구와 짧은 만남 후 함께 지하철역 쪽으로 걷는 동안 큰 횡단보도를 건너야 했다. 그날 역시 마음을 따라잡지 못하는 말과, 마음을 윤색할까 두려운 글 사이에서 머뭇거리며 신호가 바뀌는 줄도 몰랐던 나에게 친구는 먼저 파란불을 보고 "가자!"라고 말했다. 그가 살짝 붙든 손에 이끌려 횡단보도를 건너며 생각했다. 응, 가보자. 나의 기도를 얼마나 잘 전달할지 고민하는 삶보다, 그저 기도를 멈추지 않는 삶 쪽으로.

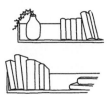

어떻게 쓰지 않을 수 있겠어요

이 불안하고 소란한 세상에서

초판 1쇄 발행 2021년 10월 8일 **초판 6쇄 발행** 2024년 5월 18일

지은이 이윤주
펴낸이 최순영

출판1 본부장 한수미
라이프 팀
편집 곽지희
디자인 윤정아

펴낸곳 ㈜위즈덤하우스 **출판등록** 2000년 5월 23일 제13-1071호
주소 서울특별시 마포구 양화로 19 합정오피스빌딩 17층
전화 02) 2179-5600 **홈페이지** www.wisdomhouse.co.kr

ⓒ 이윤주, 2021

ISBN 979-11-6812-015-0 03810